当代著名作家美文自选集

绿荫寂寂樱桃下

简儿 著

中国社会出版社
国家一级出版社·全国百佳图书出版单位

图书在版编目（CIP）数据

绿荫寂寂樱桃下 / 简儿著 .—北京：中国社会出版社，2018. 5

（当代著名作家美文自选集 / 凌翔主编）

ISBN 978-7-5087-5971-5

Ⅰ. ①绿…　Ⅱ. ①简…　Ⅲ. ①散文集—中国—当代　Ⅳ. ①I267

中国版本图书馆 CIP 数据核字（2018）第 097564 号

丛 书 名： 当代著名作家美文自选集
丛书主编： 凌　翔
书　　名： 绿荫寂寂樱桃下
著　　者： 简　儿

出 版 人： 浦善新
终 审 人： 王　前
责任编辑： 张　迟

出版发行： 中国社会出版社　**邮政编码：** 100032
通联方式： 北京市西城区二龙路甲 33 号
电　　话： 编辑室：（010）58124856
销售部：（010）58124850
网　　址： www. shcbs. com. cn
shcbs. mca. gov. cn
经　　销： 各地新华书店

中国社会出版社天猫旗舰店

印刷装订： 北京楠萍印刷有限公司
开　　本： 165mm×230mm　1/16
印　　张： 15. 5
字　　数： 230 千字
版　　次： 2018 年 8 月第 1 版
印　　次： 2018 年 8 月第 1 次印刷
定　　价： 49. 80 元

中国社会出版社微信公众号

目 录

Contents

第二辑　绿荫寂寂樱桃下

第三辑　南方有佳果

第五辑　简静生活

第六辑　童花头

|第一辑|

亘古的时光

我的故乡是个农民画小镇

大年初一回乡，去千亩荡转了转，路过一个公交站台，看到上面绘了一幅图：几个扎着麻花辫的姑娘，坐在纺车前，姑娘的辫子又粗又长，辫梢扎着红头绳。

忽然想起小时候，村子里的大姑娘、小媳妇，婶婶姨娘，都扎了一条麻花辫。春天的时候，摘了木槿，揉出绿色的汁液，每家的廊檐下，都垂着一条黑色的瀑布。这场景，如今想来恍然如梦。现在的女孩子，一个也不扎麻花辫了。有时候我在想，麻花辫是不是也可以申请非遗。

我的故乡，是个农民画小镇。小镇上画家缪惠新，是农民画的代表人物。缪老师住在钱家港，我住在青龙港，两个村子，分别以两条小河命名。缪老师很相信风水，他说，我们这里风水很好，栖真寺就像一个龙头，钱家港和青龙港就是两根龙须，我们是住在龙须上的人。

缪老师在龙须上，盖了一间画室。画室由他的祖屋改建而成，画室前，有一个院子，院子里垒了太湖石，种了枇杷树。画室里，铺了木地板，木窗以及从各处收集来的老式家具。一口樟木箱，一只五斗橱，一个陶瓶，插了一把白茫茫的荻花。

缪老师说，以后老了，就住在这里终老。

我的故乡，是一个很适宜的终老之地——小镇上有一座步云桥，名字美极，令人想到一群穿白衬衣、黑布裙的女孩子，走啊走的，走在云朵里。

步云桥上有联，一侧写着：水通千亩荡蟹肥鱼美之处；地接三家村鸡鸣犬吠相闻。另一侧的上联石墩已毁坏，只余下联：行云暂住且听八百杵钟声。小时候，我钻到桥底下去，把这几句对联抄写在笔记簿上。后来，无论走到哪里，我都觉得一直把故乡的那一抹水色，那几记钟声揣在了怀里。

我的故乡栖真，以一座寺庙为名，若是有人去赶集，就说去“栖真寺”，有别的村子里的人来我们村子走亲戚，亦说“去栖真寺”。有陌生人问起，你家住哪儿？我就自豪地对那个陌生人说：“栖真寺啊。”

方圆几十里，谁不晓得大名鼎鼎的栖真寺呢。就是嘉善天凝、杨庙一带的人，也大老远来栖镇寺赶集，或者做生意，售卖雪菜啦，荸荠啦，甘蔗啦，猪苗啦。过去的许多贸易发生在水上，一大清早，栖真寺的市河上船只首尾相接，蔚为壮观。

栖真寺的历史，可以追溯到北宋开宝二年，据清末《闻川志稿》记载，有一位宝月大师云游到麟瑞乡丁安荡畔，即现在的栖真寺旧址时，见此地“地广境幽，绝无尘迹，足可栖真养道”，于是筑茅庵以弘佛法。如此说来，我的故乡栖真自古以来就是个风水宝地，此地民风淳朴，村民亦无偷盗抢劫之徒，盖心中皆有佛祖也。

不过到了我小时候，寺已变作了粮站，只余朝南埭上的一座旧山门与一间大雄宝殿。粜谷的船只，一直从市河排到青龙港、钱家港。粜了谷，爸爸带我上了岸，去阿庆嫂的馄饨店，吃一碗荠菜馄饨。坐在临河的窗边，看那条缎带似的小河上，映照着天光和云影。

到了冬天，那个爆米花的人，蹲在栖真寺门口，穿了一件军绿色的大衣，嚷嚷着：“爆米花啦，爆米花啦。”小孩子团团聚拢在他身边，等着他那只大麻袋，变戏法似的倒出一片雪白的爆米花。

从那扇旧山门里走进去，迎面撞见两株银杏树，枝干粗壮，高耸入云。据说那两株银杏树，是明代万历年间，由普陀和尚亲植，如今长得粗壮，须几个人合抱才行。每一年秋游栖真寺，老师都要嘱咐我们写一篇作文，于是几个人走到银杏树底下，伸出胳膊，团团围在一起。作文时便洋洋洒洒写道："银杏树的树干真粗啊，五六人合抱在一起才能围得住……"老师然后笑眯眯地称赞我写得好。

一轮秋阳，照在寺庙的院墙上，银杏树叶翩飞如蝶，似在诉说如歌的岁月。蹲在树底下，一枚一枚捡树叶，夹到书页里。或几个人围着银杏树，你追我赶，嬉笑喧哗。当时，我以为这样子的日子是可以到永远的。

一刹那九百生灭。那么多日子，从我指缝间漏掉了。今日游子回故乡，竟犹如陌生客。

只见那座山门已修葺一新，金光闪闪，门前蹲了两只石狮子，如两个忠实的庇护者。从山门里走进去，有一卖香烛的老妪，闻我乡音，热情地招呼我。问我是哪个村子里的？青龙港的呀。那老妪又问起我爷爷姓甚名谁。我答了以后，那老妪做恍然状："原来是吕阿弟的孙女呀。你爸爸、叔叔我都认识，瞧着你也挺面熟，小时候，你奶奶经常带你来庙里烧香的对不对？"

那个老妪还记得我，我居然没有被故乡忘记，不由心里一阵窃喜。

再抬头一看，只见天王殿和玉佛殿气势恢宏，在两座佛殿之间，伫立着那两株古老的银杏树，似乎越发蓊郁葱茏了。树上悬了一块古树名木保护牌，记载着树种、编号以及树龄。

记得小时候，每当说起这两株银杏树，村子里的人必绘声绘色，说两株树本来一雌一雄，寺中的和尚唯恐雌树结果，遂爬上去钉了许多钉子。又谈及某一年，东边的树忽而萎谢，气息奄奄。数年以后，那枯枝之上竟又长出新叶，亭亭如华盖。村民无不称稀奇，以为是佛祖的庇佑。

寺的重修，画家缪老师也有大功劳。有一年，缪老师当了栖真村书记，发愿重修栖真寺。缪老师是一个天真的人，有一颗赤子之心。在他的四方奔走下，大雄宝殿、天王殿、药师殿、塔楼，一幢幢陆续建起来，寺于是蔚然壮观。此地的老太太，几乎都认得缪老师。她们说起缪老师，脸上笑嘻嘻的，“哦，那个白头发的人。”

缪老师三十岁时，有一天做了一个梦，梦里下了一场雪，醒来以后，头发就白了。缪老师说，这大约是神示，神赐予他一头白发 ，是要他穷此一生，画故乡这一片热土。哪怕岁月苍苍，白发如霜。

有一年，我回故乡，走到步云桥堍，栖真寺，两旁的民居，白墙上画了缪老师的画。我的故乡，变得彩色缤纷，流光溢彩起来。

缪老师用一支绚丽的画笔，画故乡的日月星辰、飞鸟虫鱼，画小河边的一株龙柳，一片稻田，画祖母、三姐。那些画，有一种孩子的天真。农民画，顾名思义，就是一个农民画的画。缪老师的名片上，印着“栖真村村民”。这是他永远不变的身份。就是这个土生土长的农民，上了美国《时代》周刊（1998 年)，与张艺谋一起，被评为“亚洲十大艺术家”。也有人称缪老师为“中国的毕加索”。

那时，缪老师不知道谁是毕加索。后来有个学生送了他一本毕加索的画册，他才第一次看到毕加索的画。缪老师说：“我是一个农民，但农民也能做出很前卫的艺术。”这个农民，写字、画画、修建寺庙，爱恋着自己的故乡。

日当正午，阳光和煦。我沿着那条水杉路，一个人走到千亩荡畔。那一排水杉，似乎越发高耸了，剑戟一样，刺向蓝天。水杉树底下，铺了一层厚厚的叶子。想起小时候，背着箩筐捡水杉叶。炊饭时，往灶里扔一把水杉叶，偶尔夹杂了松枝，噼啪作响。那时，岁月有一种格外的静谧。

不知何时，岁月喧闹，人世浮华。日子越来越迅疾了，只有回到故乡，脚步才变得缓慢。

大地上散落的村舍，仍是这样娴静、美好，犹如世外桃源。故乡就是我的桃花源啊，那寺庙的钟声，千亩荡的碧波，水边的芦苇，还有碧绿的菜畦，无边的田野，依旧在啊。

田埂寂静，没有一个人走过。故乡的天，还是那么蓝，犹如刚刚染过的布匹，白云缱绻，在亘古的光阴里飘啊飘。

故乡的年

小时候过年，母亲用竹竿扎上扫帚，掸屋子四角垂下的长脚灰尘。不晓得怎么回事，平时倒不见有这么多灰尘。这一打扫，长脚灰尘都出来了，蜘蛛丝似的垂挂下来。八仙桌上，脸盆架上，水缸上，都盖了一层塑料纸。掸好灰尘，就整理碗橱。我家的碗橱，漆了大红色，上下两层，中间还有两只抽屉。上层摆满了碗——大大小小，皆是白底蓝边，碗底刻了一个“寿”字（我爸名字叫金寿）。那时候，村子里的器物，都要写上主人的名字。一只竹匾，一条板凳，用毛笔蘸了红漆，写了字。一件器物，要用上好久，譬如一条扁担，从爷爷手里，传到爸爸手里，爸爸再传给他的儿子。由青色渐渐变成淡黄，有了光阴的味道。这样的器物，现在恐怕已经绝迹了。

我家的糖罐，是一只陶罐，平时结了糖霜，邋里邋遢的。刷白了，这才显出好看来，白底红花，熠熠闪光。小孩子是不懂得欣赏器物之美的，只晓得从糖罐里舀糖吃。喝白米粥，从碗里舀一勺糖。一碗糖粥，赛过世上所有的美味。

童年对糖有着痴迷与贪恋。那时候，糖是珍贵的，许多吃食舍不得用糖，只用糖精。譬如爆米花，加一勺糖精，可是糖精到底不是糖，吃到后头，有一种苦味。

糖的甜，是纯粹的，清香的，融化在水中，微微荡漾……童年的我，顶爱吃糖。我妈把糖罐子藏到碗橱顶上，我够不着，只好搬了长凳，再摞一只小板凳，爬上去偷糖吃。一不小心糖罐子摔了下来，一地的碎片。我妈听到响声，拿了一把扫帚，先着急打我一顿，也不管碎片有没有扎到我。

那时候，一只糖罐子，对我妈来说，比扎破一点皮来得要紧。皮扎破了，抹一点稻草灰，三五天就好了。要是一只糖罐子碎了，得花钱买一只新的。挨了一顿打，还不许哭，老老实实地在灶台前刷碗，刷热水瓶的壳子，刷锅子。

洒扫从厨房里开始，几乎粘了灰尘的东西，都要刷上一遍。记忆中的小河，宛如一条淡青色的缎带。天光云影，皆聚在缎带里。

小河边，都是来刷碗刷锅的人，笑嘻嘻地说着话。小曼姐姐也端着木盆来了。她的耳垂上 ，挂了一对金灿灿的耳环。小曼姐姐春节就要出阁了。那时候娶亲、出阁，几乎都在春节。新娘子嫁到我们村子里，穿了大红色棉袍，喜气洋洋的。小曼姐姐见我盯着她看 ，有点不好意思。她低垂着头，在刷一只黑色的锅。

那一只锅，渐渐刷得锃亮。小曼姐姐抬起头，几十年的光阴过去了。

那天我回故乡，见到小曼姐姐，她已经是个四十多岁的妇人了，腰身粗壮，不复昔日丽颜。那一条缎带似的小河，也变得混浊不堪。小河的水，村子里的人早就不喝了，那些洗衣、刷碗的人也散去了，小河变得寂寞了。

小河有没有想起过那个洗衣、刷碗的女孩子？还有拆被子、洗被子的婶婶娘姨？

腊月里，我妈拆了被子、床单，拿到小河里去洗。被子的里子是天蓝色的老布，浆得硬邦邦的，被面是绸缎。记得我家有一条被子——淡绿色的底子，绣了锦簇的牡丹。那一朵牡丹花呀，色彩艳丽，在寒风中怒放。

那时候，一条被子用很多年都不会坏，并且有棉布的馨香——我去外地念书，寒假回家，母亲捧出一床新被子，我把脸深深地埋在被子里，闻着久违的老布的气息，一颗心忽然变得温暖而妥帖——我是这样贪恋棉布的气息。那藏蓝色的老布里，有着亘古的光阴，永生的记忆。

我和英子在被子底下钻来钻去，玩躲猫猫。屋檐下的竹匾里晒着霉干菜，一只老猫眯缝着眼睛，蜷缩在草垛上——可我再也回不到那样的光阴里去了。

腊月二十八，母亲在屋子里做糖糕。白花花的糯米粉，揉成一个团，捏一个小团子，揉扁，压进糖糕印子，一个个仙桃，一条条锦鲤，就从母亲的手里跳出来，落到蒸架上。糖糕蒸熟了，揭开锅，用红纸泡了水，筷子蘸点红水，一个个点过去。点完糖糕，就来点我们的眉心。我们立马就变成年画上的娃娃啦。

也炒米，把米洗净了，晒干，锅烧得滚烫，米倒进去，哗哗哗翻炒，屋子里焦香四起。用炒米泡甜茶，香极了。有时候，年关将近，母亲递给我们一个米袋子，嘱咐我们去栖真寺的空地上爆米花。那一只黑乎乎的炉子，砰的一声，爆出一大锅爆米花。那巨大的威力，抵得上一百只鞭炮。

爆米花可以加工成冻米糕。切成一个个方块，撒了芝麻，也有撒花生的，吃起来香极了。还有葱管糖，也是用米，装进一只机器，一根葱管一样的管子里，吐出一根长长的、白白的东西，咬起来脆脆的、甜甜的。

如今，葱管糖已经绝迹了，冻米糕也很少见到了。过年回我妈家，我妈传统，仍炒了冻米，泡了甜茶给我们喝。我喝了一碗，女儿呢，摆摆手不喝。我妈说，过年，要喝一碗甜茶的。女儿这才不情愿地喝了一口。现在的小孩子，啥好吃的吃不到？炒米茶、爆米花，只是我们这一代人珍贵的记忆了。

大年三十，门上贴了喜气洋洋的对联，鞭炮的红衣，覆在雪地上。屋子里，点了一盏灯，彻夜不灭。屋子里的人，打了一宿的牌，彻夜不歇。

大年初一穿新衣，新鞋，戴新帽。父亲开了挂机船，突突突去外婆家。船舱里备了糖年糕、鸡鸭鱼肉。外婆老早翘首盼着我们了，穿了藏蓝色的袍子，绾了一个发髻，发髻上插了一支银钗。

拜了外公外婆，再拜舅舅舅妈，领到一只红包——真的是红包耶，用红纸包着，里面塞了两块钱。携了巨款，去街上逛，买回来一大堆擦炮——那种擦一下就会响的鞭炮。一边走一边扔，扔到结了冰的小河上——那时候的冬天，小河上结了一层厚厚的冰，最厚的地方，人可以踩着走过去。

不知怎么回事，现在南方的冬天，一点儿都不冷了。冬天简直一点也不像冬天。

小时候腊月里，总要下一场雪。爷爷说腊月里的雪是瑞雪。雪覆在后院的竹子上，白雪与翠竹，一见就令人生出欢喜之心。小时候令人欢喜的事情真多啊。堆雪人、打雪仗的欢喜，放鞭炮、穿新衣的欢喜，拜年、拿红包的欢喜。

瓦蓝的天空底下，有一片一望无际的旷野。散落的村舍、炊烟，青青的竹林、小径，还有一幢青砖房——一个名字叫李家埭的小村子里，有我亲爱的外婆。外婆去年过世了——大年初一，我再也不能穿上新袄，欢欢喜喜地去给她老人家拜年了。

客居城市，过年不过走几家亲戚，吃几顿饭。饭也不在家里吃，在酒店摆几桌——犹如摆宴席，一大堆人，吃吃喝喝。吃了几顿，便觉索然。

大抵只有乡下的年，仍有一点热闹的气息在——那天回乡下，一大桌的人，表姐、侄女、表弟、表弟媳。见了我，大的喊我小橘子，小的恭恭敬敬地喊我小橘子姑姑。心里便暖融融的，与亲人在一起，这年，才有了几分亲切与欢喜。

大年初一，去寺庙转了一圈，寺已修缮一新。后院里建了养心居，供居士修行。想起小时候过年，一蹦一跳跟着奶奶来庙里烧香的情景。

不曾想，那一个小女孩，如今已是故乡的游子。游子归来，犹如陌生客。一切不复是记忆中的景象了。

写春联的沈先生

小时候过年，妈妈去镇上买日历、红纸，把大红的纸，裁成长条，请村里的教书先生，用墨汁写上黑乎乎的大字。村里墨香袅袅。这几天，教书先生家里门庭若市，都是来求春联的人。教书先生穿着长衫，悬腕写字，很有一种古意。

那时，我痴痴地想，长大了，我也要当一个教书先生，替村子里的人写春联、写信。那时，村子里识字的人并不多，年纪大的，不会写字，儿子去当了兵，女儿嫁到外地，都得请教书先生代写家书。我瞥见教书先生在信末写的几个字：一切安好，勿念。

教书先生，姓沈，右手有一点残疾，字是用左手写的。我惊讶一个人竟然可以用左手写字，而且写那么好。后来，沈先生教我们语文课，上课的时候，左手在黑板上刷刷刷地写，沈先生的字写得奇崛，很有风骨。班上顶调皮捣蛋的沈涛也很服气，悄悄地竖起大拇指，沈先生，真牛！

村子里的红白喜事，沈先生被请到朝南的贵宾席上，沈先生喝酒很文雅，用宽大的袖子轻轻一掩，一饮而尽。沈先生的那件长衫，藏蓝色，对襟，绣着复古的盘扣，村子里也只有沈先生一个人还穿长衫，也只有沈先生穿了长衫才好看。别人穿起来，怎么看怎么不顺眼。腹有诗书气自华。沈先生胸中藏了诗书，才会这样温文尔雅吧。我暗暗地想着。

很多年以后，我也当了教书先生。不过写在黑板上的字，是一堆歪歪扭扭的洋文。也无长衫穿，我是女的呀，怎么穿长衫。倒是我有个同事黄小墨，经常穿一袭长衫，我问他是从哪儿弄来的，黄小墨说，淘宝呀。

黄小墨有个书法工作室，里面摆了一张木头桌子，铺了一块白布。平时，黄小墨在那里教学生写毛笔字。快放寒假了，黄小墨裁了红纸，方方正正的，中间印了一朵祥云，黄小墨就在祥云上写福字，写春联。

黄小墨伫立在那里，穿着长衫，悬腕写字，颇有几分沈先生的神韵。每次我看见黄小墨在那里挥毫泼墨，就会想起沈先生。我有很多年没见过沈先生了，不知他还穿不穿长衫，写不写毛笔字。

过年回乡，我问母亲，沈先生还写不写春联。母亲说，已经很多年不写了。现在没有人去求春联了，春联都从集市上买，现成的，撒了金粉，几块钱一张。有的人家，干脆春联也不贴、鞭炮也不放了。母亲摇摇头说，这过年，越来越不像个过年的样子了。

我说，妈，我想去看看沈先生。母亲说，好，去看看。沈先生是你的先生。过年了，学生去拜拜先生，应该的。

我去了沈先生家里。沈先生家很好认。那一户门前栽了一片翠竹，有一片木槿花栅栏的人家，就是沈先生家。沈先生仍旧穿了一袭长衫，很有昔日风姿。不过，沈先生头发白了，背也佝偻了。见到我，一下子没有认出我来。我说，沈先生，我是小橘子呀。沈先生盯着我看了半晌，这才记起来，嗳，是小橘子呀。沈先生咳嗽起来，师母在一旁替他捶背，一边说，他一激动，就要咳嗽，老毛病喽。

沈先生，我想央你写一副春联。我恭恭敬敬地奉上红纸。沈先生讶异了一下，笑着说，好好好，很多年没写春联啦。兰心，快去研磨。沈先生伫立在长条桌旁，穿了长衫，悬腕写字。他的夫人兰心在一旁磨墨。很有一种古意。

沈先生的字，仍旧那样奇崛，那样有风骨。

我想，也许有一天，村子里这个穿长衫的教书先生会永远消失。谁也不再记得，那些写在大红色春联上的，墨香袅袅的字。

放牧春天的人

村子经常会莫名其妙地出现一些人，比如年关将近的时候，会有一个穿着黄色棉布大衣，络腮胡子的男人，我们叫他爆米花的。还有拎着一只装着绿羽毛小鸟的笼子的算命先生、箍捅匠、修伞匠，他们都是游侠似的人物。

春天的时候呢，还有一些赶鸭子的，放蜜蜂的，剪兔毛的，谁也不知道他们从哪里来，要到哪里去。不过他们好像经过了长途跋涉，到达村子里的时候，通常已经是黄昏了。夕阳暖融融地照在他们身上，好像给他们涂上了一层神秘的色彩。再加上他们脸上那一点略显疲惫的神情，简直有一点像大地上的行吟诗人了。

有一天黄昏，我走在田埂上，迎面走来了一个瘦高个子的男人，他背着一个大木箱。我很好奇他的箱子里装的是什么。就跟着他走了一段。当走到一片油菜花地的时候，他突然打开木箱子，我听见一阵嗡嗡声，接着无数的蜜蜂从箱子里涌出来，飞到油菜花田里。我这才明白他是一个养蜂人。

他指着远处的一个草棚说，那是他和他的那些蜜蜂的营寨。这里的油菜花真美啊。他甚至像个抒情诗人冲着浩荡的春风张开了两条手臂。他邀请我去他的草房子里玩，那房子搭得还真不错，雨水渗不进，风吹不进，地上还铺着塑料纸。他没有娶老婆，和他的十几箱蜜蜂生活在一起。

他的名字叫周云篷。那真是一个好名字。周瑜的周，云朵的云，大篷车的篷。很多年以后，我听说有个摇滚歌手也是这个名字。我想，他会不会就是我认识的那个养蜂人呢。

周云篷白天跟着一群蜜蜂在青龙湾到处跑，晚上呢，就回到他的草房子里把采来的蜂蜜装在玻璃瓶子里。村子里的人去买蜂蜜，买好了就坐在塑料纸上跟他聊聊天。他说他的故乡在远方，一个白云之上的小山村。天蓝得像刚刚洗过一样。风轻柔得好像妈妈哼唱的摇篮曲。他说话的腔调也像一个诗人。既然他住在那么一个美丽的地方，为什么又大老远地跑到我们村子里来呢。我好奇地问。他说他是跟着春天的脚步一路过来的。春天来到了青龙湾，所以他只好也跟着来到青龙湾了呢。

这么说，你是一个放牧春天的人喽。我这样说的时候，他哈哈大笑起来。他说也可以这样说吧。他一边跟别人聊天，一边指挥着他的蜜蜂在油菜花丛中飞来飞去。他说这些油菜花啊，过不了多久就会谢掉。春天也是一样，短暂得像一首歌。

果然二十天以后，周云篷的草房子就没了踪影，好像大地上从来没有搭起过那个房子一样。我走过那片空荡荡的草地，只看到一片被踩瘪了的青草。油菜花已经凋谢，结出了青青的菜籽。我仿佛看见那个放牧春天的人，挥了一下手中的鞭子，春天就又跑到别的地方去了。

我独自走在田埂上，风从我身边跑过来，又跑过去，风吹落了我轻轻的叹息。我想在漫无边际的游荡与闲逛中，兴许还可以遇见很多有意思的人。

王瞎子

每年村子里都会来一个算命的瞎子，不知道姓王还是姓张，姑且就叫他王瞎子吧。他拄着一根拐杖，背着一只大布袋，手里还提着一只鸟笼。笼子里有一只绿羽毛的小鸟，叽叽喳喳欢叫着。我不晓得那个瞎子靠一根拐杖怎么可以走那么远的路，大地上有那么多水坑、沟渠，还有村子里的狗啊，冬天的风啊雪啊，他是怎么避开那些艰难险阻的呢。

我看见王瞎子的时候，他正坐在我家院子里的大槐树下，奶奶给他搬了一把小竹椅，又给他沏了一壶茶。有时候他来，奶奶还会端出一盘点心，芝麻糖或者云片糕，像招待一个贵宾一样招待他。王瞎子来的那一天是村子里的节日，我们家的院子里围满了人。大家都来看稀奇。瞎子算命本来就是一件稀奇的事情。更加稀奇的是王瞎子还带了一只绿羽毛的小鸟。请小鸟衔扑克牌。一个人的命，原来一只小鸟就可以卜算出来。那我们用弹弓打下了村子里的那么多麻雀，岂不是打死了很多村子里的先知吗。

我喜欢看王瞎子算命，尽管我不太相信命这种东西。我想，既然一个人的命是早就注定好的事情，那么还是不知道的好。王瞎子的胡须很长，有点像王道士。他告诉我，万物都有自己的命数。一个人，一株草，一朵花，一块石头，都要各安天命。贾宝玉出生的时候嘴里含着一块通灵宝玉吧，那就是富贵的命。

有人请王瞎子算命的时候，他把扑克牌一字儿排开，让那只绿羽毛的小鸟衔出其中一张。那张牌就代表那个人的命，我很好笑天底下的人怎么只有一副扑克牌的命，那么许多人的命都是一模一样的喽。好在村子里的人谁都不吭声。因为来找他算命的人总共也不会超过一副扑克牌的数目。

他算出马伊命中有五个儿子。还算出了村子里的一座桥会塌。马伊将信将疑，给了王瞎子十块钱，尽管她到现在连一个儿子也没有。不过既然王瞎子说她命里有，那么迟早会有的。至于村子里的那座桥，我在梦中梦到它塌了。可是那已经是王瞎子算出来之前的事情了。我还梦见那座桥塌下来压死了一条青龙。于是那条青龙躺下来的地方，就变成了我们的村子青龙湾。

王瞎子吹嘘有一次给施工队的一个包工头算命，说他在三日内会有血光之灾，果然那个包工头在第三天早上施工时被一块石头砸中了头。王瞎子吹嘘的时候，所有的听众都倒吸了一口冷气。吕天生的小儿子吕小明问王瞎子，那有没有办法改变命运。王瞎子朝吕小明看了一眼（当然他啥也没看到），叹了一口气说，命中注定你是一个不安分的人。

吕小明的眼睛亮闪闪的。他走到王瞎子身旁，替王瞎子捶肩。春光暖融融地照在大槐树和王瞎子身上。王瞎子忽然侧过头对吕小明说，有一天你会赚很多很多钱。王瞎子没有算错，吕小明初中毕业后去了城里，几年后带回来一个长得很像周慧敏的女人，据说是某房地产商的女儿。虽然是倒插门，可是老丈人给他买了一辆宝马车，并且聘了他当副总。

吕小明每次回村子里，都要来我家转一下。站在当年王瞎子给他算命的地方。槐花开时，风吹过细碎的花香。风会不会记得，大槐树下，曾经有一个算命的王瞎子，那只绿羽毛的小鸟，还有奶奶的芝麻糖和云片糕呢。

可是我仍然记得。那一天王瞎子算好命，拄着拐杖从竹椅子上站起来。他的腿有点坐麻了。他一边用拐杖敲着两条瘦腿，一边说："这把老骨头不中用喽。"他说话的口吻像村子里顶普通的一个老人。我看着他渐渐消失在春天的尽头。他虽然是个瞎子，可是走起路来却出奇的快。简直像不瞎的人一样。

张三疯

张三疯是村子里的木匠。张三疯的爹当然就是张木匠。张木匠早年丧妻，一个人既当爹又当妈地把儿子拉扯大。张三疯的左手少了一根手指，据说是有一次刨木头的时候给刨掉的，可是这一点也不影响他娶了一个漂亮的老婆。

据说有一天王麻子突然想打一只五斗橱，于是把张三疯请到了家里。王麻子当然脸上长满了麻子，更糟糕的是，他还长了一只丑陋的酒糟鼻。不过他的女儿翠翠长得一点儿也不像他。翠翠长了一张瓜子脸，睫毛比刷子还茂密，说话的时候总是低垂着眼帘。

张三疯在院子里热气腾腾地刨着一根木头，满地都是刨花卷儿。他的蒸笼鼻上都是汗水，于是脱掉了线衫，只穿了一件米黄色的棉毛衫。翠翠就是在这个时候出现在院子里的。张三疯一看见翠翠就忘记了刨木头，呆呆地站在那里。

翠翠低垂着眼帘说，三疯哥，我爹让我给你煮了一碗面。说着就从篮子里拿出一碗阳春面。张三疯把空碗递给翠翠的时候，附在翠翠的耳边轻轻说：翠翠，你做的阳春面，是天底下最好吃的面。翠翠的脸忽然就羞红了。王麻子发现张三疯打的这只五斗橱无比精致，并且才收了很少一点工钱，他露出黄乎乎的牙齿笑了。他说，三疯，你的手艺越来越好了。等我家翠翠出嫁时我再请你来打几只樟木箱。

王麻子是后来才发现事情的端倪的。有一天春香奶奶来替村长的儿子说媒。翠翠却死活不肯答应。翠翠说，我才不嫁给那个矮冬瓜。王麻子说，人长得丑点有什么要紧，关键是你嫁过去就是村长的儿媳妇，不愁吃，不愁穿。翠翠说，要嫁你嫁，反正我不嫁。王麻子发现一向乖巧的女儿竟敢跟他顶嘴了。他骨碌骨碌转动着眼睛，忽然明白了什么，他说，女儿啊，这么说你有心上人喽。翠翠跺了一下脚，羞红着脸跑掉了。

当王麻子得知翠翠的心上人是木匠张三疯时，接连骂了好几声“狼犊子”，并且捶胸顿足道：“我真是老糊涂啦，竟然引狼入室啊。”翠翠嫁给张三疯的时候，王麻子赌气一件嫁妆也不置办，甚至连一口樟木箱也没有打。翠翠却笑嘻嘻的，一点怨言也没有。

翠翠嫁给张三疯以后，张三疯好似吃了菠菜的大力水手，忽然有了使不完的劲儿。他接到了很多生意，赚了不少钱。于是翠翠在镇上开了一家小面馆。由于她做的阳春面又地道又好吃，人又长得漂亮，生意颇为兴隆。

翠翠不再是那个一说话就脸红的女孩子了。有一次王麻子经过她的面馆，她招呼道：爹，进来吃碗面吧。并且把刚满月的儿子抱出来逗他叫外公。王麻子仔细端详着可爱的小外孙，忽然老泪纵横。他说，女儿啊，什么时候有空，带着三疯和孩子回家来吃顿饭吧。

我一直很讨厌王麻子。不过那一天在小面馆看到他苍老的样子，以及他对翠翠说的那番话，我忽然觉得，这个长着酒糟鼻的老头儿，其实也并没有那么令人讨厌啊。

那个卖煤饼的人

那个卖煤饼的人推开我家院门的时候，我妈正在院子里生煤饼炉。她弯着腰蹲在地上吹着炉火，风吹动了她凌乱的头发和粗布衣裳。她抬头捋了下头发的时候，那个卖煤饼的人挑着一担煤饼一脚踏进了我家的院子，跟随他一起来到我家院子的还有一条名字叫小黑的狗、一双解放鞋和一副黑手套。他看起来好像赶了很多的路，风尘仆仆的，而且他一定搬了很多的煤饼，一张脸都给染黑了。

我妈扔给我一副旧手套，让我帮煤饼佬一起搬煤饼，垒在灶火间，我当然答应啦，我很乐意有机会跟那些来到村子里的陌生人聊聊天，比如问问他们从哪里来，要到哪里去啊诸如此类的问题。那个煤饼佬是个很爱说话的家伙，他告诉我他是苏州人。那是一座古城，城中还有一个铸剑的亭子。天下第一铸剑师干将的那柄剑就是在那里铸的。当然苏州在古时候还有另外一个名字，叫作姑苏。我马上接道，这个我晓得，姑苏城外寒山寺嘛。煤饼佬笑嘻嘻地说，看来你还懂得不少哦。不过寒山寺上没有山，寒山是一个和尚的名字。我惊讶那个煤饼佬怎么知道得这么多。或许他是一个乔装的隐士呢。虽然他穿得很破旧，又做着一份辛苦的工作。

我们很快在灶火间码了小山似的一堆煤饼，这足够我家过一个温暖的冬天了。我简直盼着冬天快点到来，顶好再下一场雪。到时候我们只要生起煤饼炉，在屋子里取取暖，烤烤棉鞋就可以了（我妈管那叫烤火腿）。我们还可以把鸡蛋扔到水壶中煮熟，在煤炉上爆年糕和豆子。屋子里热气腾腾地围了一大堆人。懒汉奇奇也混迹在人群中，一边抢我们手里的豆子，一边吹牛说他东游西荡时遇到的各种稀奇事。还有刚嫁到我们村子的雪芬姐，也跟村子里的女人嘻嘻哈哈打成一片。

那个卖煤饼的人，一定不知道自己竟然给村子里带来了这么多欢乐。他在离开我家院子的时候，特地叮嘱我妈晚上要是把煤炉拎到屋子里过夜，一定要打开一条缝，不然会一氧化碳中毒。我目送着他消失在村子的大路上，天骤然暗下来。风吹得院门啪啪直响。我妈抬头看了一下天，说今晚可能就会下一场暴风雪，这个煤饼佬来的可真是时候啊。

会画梅花的张先生

张宣的杂货店坐落在老街的一个拐角上，店面很大，有两三间门面之多，店里出售的商品也是小镇上别的杂货店所不及的，除了干吃面、酱萝卜、华夫饼干、大白兔奶糖之外，还有雪花膏、红雨鞋、算盘、练习簿、邮票、宣纸和湖笔。

张宣是一个四十多岁的中年人，皮肤很白净，鼻梁上架着一副眼镜，看起来又斯文又秀气，这在小镇上是不多见的。他站在柜台后面的样子一点也不像是老板，倒像是一位教书先生。他有时会替别人写信，那字也是极清秀的。小镇许多人都叫他张先生。兴致好的时候，他还会摊开宣纸，用湖笔斜斜地画一幅梅花。他的梅花画得很有味道，淡淡的一两枝，画好了就挂在靠里边的白墙上。

墙角伫立着两只书架，隔出一块四方的小空间，可以供人走进去，随意挑选喜欢的书。有一阵张宣不知道从哪里弄到了一批台湾作家三毛的书。我翻到的第一本《雨季不再来》，淡蓝色的封面，弥漫着一股说不出的忧伤气息。在江南绵长的雨季中，我发现我的忧伤像一株茂盛的植物。

许多年以后的一个雨天，当我走在台北的街头，三毛却早已消逝成了天上的一朵云。我在诚品书店买了她的一张光碟，回到酒店的房间，一个人静静地听了一个下午。

窗外的三角梅开得无比热闹而艳丽，也许一生中最好的时光是现在。可我却仍愿意重新回到那个踮起脚尖、站在书架前、用目光逡巡一本本书的花季少女。

张宣的老婆是个胖女人，很有点泼辣之气。张宣的杂货店雇了两个店员，有一个长发披肩的女孩子特别惹人注目，她笑起来有两个甜甜的酒窝，长得有点像周慧敏。这么漂亮的女孩子，在小镇上也是不多见的。张宣有时候坐在柜台后面痴痴地望着她出神。这让张宣的老婆很担心。有一天那个胖女人揪着女孩子的头发，一个劲骂她狐狸精。还威胁张宣要是不把那个狐狸精辞退她就去跳河，张宣只好把那个女孩子辞退了。

可是从此以后，柜台后面那个文质彬彬的张宣变成了另外一个人，他看上去郁郁寡欢，别人请他写信，他也会不耐烦。他不再画梅花了，而是拎了一只酒瓶子，把自己灌得酩酊大醉。有一次我去店里买邮票，看着他像一个醉鬼似的伏在柜台上，心里忽然感到一阵莫名的难受。

日子像流水一样过去，小镇上的街景像扑克牌似的一张张翻过去。在我离开的这许多年里，小镇上一定又发生过许多新鲜的事情，只是不为我所知罢了。

一个云淡风轻的下午，我回到了小镇，特地去了张宣的杂货店，那家杂货店已经改成了超市。超市的老板当然也不再是张宣，而是一个面容姣好、名叫王莲花的女人。超市的货架上摆满了王老吉、奥利奥之类的商品，再也不见宣纸、湖笔和三毛的小说了。

小镇上再也没有那个文质彬彬、会画梅花的张先生了。

那些在春天来过村庄的人

那些在春天来过村庄的人，他们是赶鸭子的，放蜜蜂的，算命的，剪兔毛的，敲着拨浪鼓的货郎，要饭的……谁也不知道他们从哪里来，要到哪里去。

有一年春天，村子里来了许多讨饭的，听说是哪个地方发了洪水，冲毁了许多村子。那些讨饭的人，身上背了一只大口袋，手里拿了一只搪瓷碗，伫立在门口。我妈从米缸里舀了一碗米，灌进那只大布袋，又去锅里盛了一碗饭。讨饭的朝我妈作揖。我妈说使不得、使不得。

后来，那些讨饭的人不要大米，大米太沉了，要钱。有时，那个讨饭的人鬼鬼祟祟地在村子里转悠。晚上，就有人家的门被撬了，偷了鸡鸭、摩托车。顶搞笑的一次，某户人家，遭了窃鸡贼，那个小偷还在门上贴了一行字：今年谢过，明年再来。真是令人哭笑不得。

还有一阵，村子里来了一些女孩子，不是四川的，就是湖南的。村里人买了织布机，雇这些外地女孩子织布。闹出很多绯闻，有的人家，女人睡至半夜，发现男人不见了，去织布间，看见男人和外地的女孩子滚在布堆上。

我隔壁的邻居建良，和一个名叫春花的女孩子好上了。那个女孩子就住在建良家里。建良已经四十多岁，从小得了小儿麻痹症。脑子倒聪明，很会哄女孩子欢心。买了许多漂亮的裙子、话梅和零食。女孩子不过二十多岁。建良的娘翻着白眼说，狐狸精缠上了我家儿子哟。

有一天，那个女孩子消失了。一起消失的，还有建良的存折。建良笑嘻嘻地说，好歹也跟了我几个月，是我赚到啦。建良后来找了一个女人，二婚头，三十几岁，是邻村的，死了丈夫。这个女人倒是死心塌地，跟他生了一个女儿。

大槐树最长的一根枝丫，横亘到春天里。一个穿花衣裳的女孩走在村子里的小路上。我至今仍记得她的名字：小超。她是被朱强买来的女子。朱强家里很穷，三十多岁了，还没娶上媳妇。好不容易凑到一笔钱，于是托人买一个媳妇。那时候，有一些湖南、四川的女孩子，被卖到我们这边。也不明说买，只是私底下给了那个女孩子的妈一笔钱。女孩子的妈拿了钱，抹着眼泪回去了。

朱强的妈朱阿婆，一个终日神色忧戚的妇人，脸上绽开了一朵野菊花。她来到我家门口说，我家强子要结婚啦。你们都来喝喜酒哦。她递给母亲两斤糖，一条状元糕。她是来请我们喝喜酒的，村子里的人，她挨家挨户都请了。婚宴，就摆在朱强家里，三间旧瓦房，刷了白漆。木门也漆过了，贴上了大红喜字。朱强穿了西装，戴了礼帽。嘿嘿地朝众人笑。小超穿了大红色嫁衣，脸上涂了胭脂，花骨朵儿一样艳。众人哄笑道，朱强这憨子，真是艳福不浅。

自从小超嫁给朱强，朱强家的几间瓦屋，总是拾掇得干干净净。养了满院子鸡鸭。猪圈里的猪也养得肥肥的、壮壮的。院子里开辟了一块菜畦，种上碧绿的青菜、水红的萝卜，黄瓜秧子爬到屋顶上。每次经过朱强家，我都看见朱强蹲在地上吃饭，小超把饭碗里的肉，拨到朱强碗里。

朱强一顿要吃五碗饭。他之前谈过几个对象，看着他一口气吃五碗饭，吓坏了。小超喜欢看朱强吃饭。能吃饭，才有力气呀。朱强的力气，是村子里最大的，可以搬起一只石臼，举到半空中，简直是个大力士。有时，吃过饭，朱强把小超抱起来，小超就咯咯地笑。很多年以后，我仍记得小超的笑声，像水上的波纹，一圈一圈漾开去。

春天的小河，宛如一条淡青色的锦缎。春天朱强在小超依依不舍的目光中离开了青龙湾，跟着施工队，去城里盖大楼。小超的肚子，已经隆得很高了。小超坐在廊檐下的竹椅子上，豌豆花一嘟噜一嘟噜开着，蜜蜂嗡嗡地飞过来飞过去。

豌豆花结了豆荚，渐渐变老，豆荚裂开。朱强风尘仆仆地回来了，一走进院子，就听见了一声响亮的啼哭声。

朱强一个箭步走进屋子，先看小超。小超笑着说，哎，我有啥好看，看看儿子呗。朱强这才去看儿子。噫，小家伙圆滚滚的，长得可爱极了。朱强的眼睛，亮闪闪，湿漉漉的。憨子朱强，动容地说了一句情话，小超，我会一辈子待你好的。

这时候，小超已经会说一口村子里的土话，和村子里的女人无异。去赶集，给朱强买回来一件的确良白衬衣。朱强天天穿在身上，嘿嘿地笑。村子里的女人打趣小超，说她疼男人。小超眉毛一竖，可不，男人就得疼，哪像你们这群母老虎。女人们一起蜂拥而上，掐小超的脸。小超笑着大声喊饶命。

就是这个小超，儿子十几岁了，有一天突然卷走了家里所有的钱，消失不见了。朱强坐了火车去四川找她，可是哪里有小超的影子呢。朱强回到村子里，人就郁郁的，不说话。

过年回去我看见朱强。他来我家串门，坐在我家的沙发上，人很瘦，显得手脚像螳螂一样。他来找父亲打红十。他和父亲成了牌友。我忽然想，父亲一个人在村子里，是寂寞的。母亲和我们，都去了城市。偶尔回来，那几乎成了父亲的节日。

父亲在饮酒，朱强催道：四叔，赶紧打牌啦。父亲笑着说，不是我闺女回来了嘛。我添了副碗筷说，朱强哥，要不你也喝一点。朱强上了桌，他酒量很好，喝多了，渐渐话也多起来。他忽然说到了小超。他说，儿子已经长成一米八的小伙子啦，要是小超见到，会有多欢喜。

父亲说，强子，这么多年，你也该想开了放下啦。咱得好好过自己的日子，是不是？我抬头看了一眼朱强，呵，这个老实头，头发白了，背佝偻了，已经是个五十多岁的人了。

春天一年一年来到了我们的村庄，那些来过村庄的人，却永不会再来了。

思君令人老，岁月忽已晚。只有大片大片的油菜花，在春风中汹涌。只有岁月亘古不变，村庄亘古不变。

梨花白

梨花白了。珍姐搬了一只小凳子，坐在廊檐下看花。

一条名字叫旺财的狗，趴在珍姐脚边，一起看梨花。

珍姐说，旺财也喜欢看梨花呢。

每年清明，都要去乡下舅舅家。大舅、二舅和三舅都在那里，三舅家独门独院，门前有一条小河，河边栽了一株梨树。一树梨花，斜斜地从屋角伸出来，映在小河上——有一种亘古的美。

梨花白，白得素净、端庄，淡淡的，宛然的，隐约含了一丝羞怯。

梨花白，珍姐的头发也略略有点白了。

珍姐是我的表嫂，比有财哥小三岁。五十来岁的人了，仍有一颗天真烂漫的心。

洛东樱花开了。去看花不?

远吗?

不远，骑车过去不过半个小时。去的人可多啦。你有财哥已经带我去看过啦。珍姐的眼睛里掩饰不住的笑意。

珍姐年轻时，是方圆十几里无人不知、无人不晓的大美人。

有财哥是个讷言、老实的人。

不晓得珍姐为什么会嫁给他。

也许就是因为他宠她、迁就她吧。一个五十多岁的男人，愿意陪自己的老妻，去看一场樱花，你说多浪漫啊。

不禁想起那天在水果超市，旁边有个小伙子对女孩子说，凤桥的桃花开了，我们去看桃花吧。回过头来，看那个女孩子——只有二十来岁，她比桃花更美——这样的年纪、姿色，自然有男人肯为她上刀山、下油锅。

可是三十年以后，未必他还会把她当成掌心里的宝。

珍姐是个有福气的女人，有财哥仍把她当成宝呢。她喜欢看花，他就陪她去看一场花。她喜欢木头家具，他就买了一套花梨木的。窗帘也是乡下再也找不出同一款的——紫水晶穿起来的帘子。

宛如一帘幽梦。

梨花白，有一种脱俗之美，人间烟火，与她有疏远，有隔阂。

珍姐从屋子里拎了一壶茶，陈年的普洱。

梨花底下，沏一壶茶，慢慢地喝。

婆婆和舅舅去坟上扫墓。

坟头在麦田一隅。两个鼓鼓的坟包，一大一小。把坟头上的草拔干净，祭拜祖宗，烧纸钱。大舅已经八十四岁了。婆婆最小，也有六十四岁了。

扫墓归来，婆婆总要去看她童年的小姐妹水英婶子。两个人闲话家常。

婆婆穿了玫红色外套，烫了头发。水英拉着她的手，端详着老姐妹，哎呀，兰英，瞧瞧你这张脸，越来越后生了呢。婆婆不好意思地说，搽了粉呀。

婆婆的脸，也像梨花一样白。

亘古的时光

每年清明，都要去婆婆的娘家——一个不知叫什么名字的小村子。离市区有二三十公里路，说起来并不很远，可是仿佛与世隔绝——村子前有一望无际的麦田，树林和油菜花地，还有一个鱼塘。有人拿了网在捕鱼。这情景不禁叫人惘然，疑心误入了武陵人家。

天下着微雨，这清明的雨，落下来马上就看不见了，万物却蒙上了一层若有似无的绿意。田埂上的豆花开了，犹如一只只浅紫色的蝴蝶，飞入暖融融的绿意间。这春意瞅着一日浓似一日了。那个走过去的人，不由得呆呆地伫立着，想起小时候的这时节，不也是豆花的天下吗。它们倒好，依旧在这里，一刻不停地生长着，一茬一茬，生生不息，永不倦怠。

途中经过一小片桑地，那桑树被齐齐砍掉了顶上的枝干，叶子倒很丰腴。这村子里还有人在养蚕吗。小时候见过外婆养蚕，那蚕吃桑叶，沙沙作响，分外恐怖，后来又看茅盾的小说，写到蚕没桑叶吃，僵掉了只好倒到河水里，顺着河水漂走，亦觉得恐怖。我自此不大喜欢蚕。婆婆养过几十年蚕，拆迁以后，才彻底告别了稼穑之事。她从前痛恨养蚕种田，现在倒又生出几分怀念。住在城里，偶尔去趟乡下，有走马观花的喜悦。

那个村子看来上了点年纪，有几幢平房，屋顶上铺着鱼鳞似的黑瓦，还有二十世纪八九十年代建造的那种二层的小楼，水泥栏杆上贴着马赛克，旧得褪了色，反倒添了一点文艺的气息。

三个舅舅，三个舅妈，还有堂哥堂嫂，早就坐在屋里等我们，我永远搞不明白那几个堂哥哪个是哪个，有一个名字叫木根的，人长得胖墩墩，说话比较油滑，印象颇深一些。另外几个，分别叫财根、财木、有财，虽为堂兄弟，长得像是一个模子里刻出来的，看着实在难免混淆。况且人都是讷讷的，不爱说话。一个在工厂里打工，一个做木匠，还有一个在开货车。

他们五十岁不到，孩子倒已经很大了，有两个表哥的女儿已经上班了，一个在银行，一个在图书馆。在银行的那一个，嘴巴很甜，看到我就喊我婶娘。在图书馆的女孩子，身上透着一股书香气。一年一家轮吃饭。今年轮到她家。她爷爷就是三舅舅。为了我们的到来，显然家里特地打扫过了，地砖拖得很干净，木沙发上铺了碎花的垫子，桌上摆了瓜子、吃食，还有松露巧克力。大约也是这女孩子贡献出来的。

三舅舅家门前有一条小河，挖过几回，淤泥清理干净了，自从禁排污水以后，水质比以前好多了，风一吹，吹皱了一池春水。河边栽着一株梨树，开了一树雪白的梨花，白得耀眼，映到柔情的水波里。孩子们折了小纸船放到水里去，那小纸船悠悠地顺着风漂走了，漂到了童年的梦中。

稻场前有几间矮房子，养着鸡鸭鹅，小兔和猪，还有几只羊。那群鹅颇为神气，走起路来气宇轩昂，引得孩子们都跑去观看。我跟着三舅去竹林里挖笋，一会儿工夫，就挖到一大篮子，直接送到厨房里做了油焖笋，又鲜又嫩，剩下的临走时塞到了我的车子里。

婆婆和舅舅们去上坟，我们不必去。婆婆迷信，有一回我去上坟，回来发烧，她嘴里念念有词，说她爹她娘喜欢我，碰了我。婆婆说我额头低，身子又孱弱，容易被碰。鬼神素来不敢碰那些额头高的人，额头是一盏灯。她这么说时，我无端想起脑门发亮四个字来，不由得“扑哧”一声笑了。

午饭由有财表哥掌勺，在图书馆上班的女孩子，名字叫莉莉，忙着端菜，一张大圆桌，摆满了菜，多得就是吃上几顿也吃不完，我们忙喊莉莉不要再端出来了，表哥却不肯，执意要把剩下的几个菜都做完，他这时候倒是很固执。他这样客气的招待，令我们心有不安。

他们来我们家做客，我们哪次不是随便请他们下个馆子吃一顿了事。走亲戚于我们总觉得是一件麻烦事。别人三请四请，才免不了去一回，挨到吃饭的钟点去，吃几口菜，搁下碗，说声不好意思，等下还有点事，立马就闪人。有时候未免觉得自己薄情冷漠。可是，要我端坐个老半天，又没甚话讲，究竟是坐不住的。

吃过饭，坐在屋檐下读张爱玲的《怨女》。莉莉给我沏了一杯茶。淡紫色的玻璃杯，映着天光云影。隐约听见那咿呀的胡琴声。故事的帷幕徐徐拉开了。忽然穿插进来婆婆和舅舅们说古的声音。最大的舅舅，说他已经八十一岁了。婆婆顶小，也有六十一了。兄妹们聚在一起时仍觉得自己是年轻的。

好比故事中的银娣，在老了的时候，依然记得有人在门外喊她“大姑娘！大姑娘！”

那小河边的梨花，田埂上的豆花，婆婆们竹园里的笋，它们仍旧与亘古时一样。只不过谁也回不到亘古的时光里去了。

孤独的春天

1

从白玉兰开得闹哄哄的一刹那，就觉得春天真切地来了。草木的情意，远比人来得热烈。

春天总是叫人忍不住生出欢喜之心。想要跑到一处无人的旷野，一个人撒撒野，发发疯。想要去折几枝柳、一束花，掬一缕风的柔情。想要去爱一切可爱的，去拥抱一切可拥抱的。想要去开辟一片新天新地……春天来了，春天来了。有一个声音在叫。

每年春天，总要被感冒君缠上。且这感冒症状也很是离奇。有一次，我觉得腿酸，走着走着就想躺到地上去。两条腿实在酸得不行，就像踩在棉花里。我恹恹地来到医院，医生一量体温，惊诧道：四十度。你怎么还能走到医院？我也诧异起来，说起来，除了腿酸，脑袋也不昏，头也不疼，什么症状也没有。

那个年轻的医生对我说，要不挂两袋水。我说，没事，配点蒲地蓝吧。蒲地蓝，成分是蒲公英、苦地丁、板蓝根、黄芩，清热解毒。气微香，味甜，微苦。一盒十支，喝了两盒，便觉得脚酸得没那么厉害了。

一颗心遂欢喜起来，原来欢喜这么简单，病着的人，忽然病好了。沉郁的人生，忽然有了一点色彩。冰封的大地，忽然春暖花开。

肉体凡胎，生老病死，真是一点办法也没有。有时想，人迟早总有一死，未免会深深地沮丧。记得我在乡下教书时，有一天，有个孩子忽然号啕大哭，谁也劝不住。好不容易等她平息一些，问她到底怎么回事，她抽噎道：人原来竟是要死的啊。我一直记得这个孩子悲伤的神情。当我们年幼的时候，并不知道人会死，还以为会活到永远。既然要死，那为什么还要让我们降临到这个世界上？

“风和日丽，令人想要永远活下去。”素来多愁善感的我，有一天，读到这句话，忽然豁然开朗，灵魂宛如被雨水洗过的树叶。一束光，带来神谕，一颗焦躁不安的心，渐渐安顿、平静了下来，不再悲伤、忧戚、迷茫，不再郁郁寡欢。

诚觉世事皆可欢喜。

黄昏时去小区楼底下的园子走了一遭。五点三十分，天光仍是亮的。回首看那一轮斜阳，咸鸭蛋黄似的，挂在树梢上。温柔得令人忍不住想要掉眼泪。我痴痴地目送它，渐渐坠入黑黝黝的湖水中。

湖畔，伫立着一株红叶李。那一朵红叶李花，叫人忘了世上还有忧愁。

2

忽然想起一个朋友。年少时我们曾在一起，好得须臾分不开。一晃，十几年过去了，彼此竟杳无音讯。电话号码早就没有了，QQ 里倒是还有她的头像，翻出来，给她发了一条信息：好久不见，一切好吗？过了一会儿，她回过来，甚好，三月念故人。

隔着键盘，仿佛仍能窥见旧光阴。

旧光阴里的春天，我和她徜徉于油菜花田里。那时，天空总是很蓝，云朵总是很白，远方仿佛无穷无尽。青春尽可以任我们挥霍。

我们穿了一袭棉布裙，小仙女似的，捧一束油菜花，站在花丛中，巧笑倩兮，美目盼兮。引得走过的人纷纷侧目。

晚上，两个人钻在一个被窝里。

从前两个人好得似一个人。忽然有一日，彼此生分了起来。

并非有嫌隙、吵架之类，不过是人生的境遇不同了。她去了杭州一所私立学校教书。在那里开辟疆场，自由飞翔。我呢，仍在这一座小城，浑浑噩噩度日。

她说，下个月要飞成都，再下个月去深圳。在杭州买了新房子，刚开始装修。噢，别太累了。我说。不会，装修是学生家长在弄，无须自己费心。一时，我竟不知说什么好。我和她终究已经相别太久，没有太多的话可说了。

曾经依恋过的一个人，有一天会变成陌生人。曾经亲密的朋友，再见时亦只有客气寒暄。想来，人生终究是孤独的行程。

至今仍记得她曾为我两肋插刀。有人欺负我，她摩拳擦掌，冲那个人扔过去一把剪刀。那个人吓得抱头鼠窜。她走过去，笑嘻嘻地把剪刀捡起来。我心有余悸地说："要是扎到人怎么了得？"

她笑嘻嘻地说："不会啊，我看准了才扔的。"

忽又恨恨道："扎到了也活该，谁让他欺负你。"

那一刻，她说的话，我一辈子都不会忘记。世上有哪一个人抵得过她对我的义气与深情——怕是这一生，再不会遇到了——那一刻，足以抵挡时光的无情。

她离开小城的那一天，我去送她。

记得她扎了马尾辫，笑眉笑眼，仍是我熟悉的神情，仍是我熟悉的那个人。她说，回去吧。有空回来看你。

有一年，她回来打我电话，见了一面。不知怎么，说的都是些客气话。我生她的气，遂不理她。她也不再理我。就这样，一晃又是好多年过去了。

原本以为，一生一世都会这样好下去的，不知怎么就渐渐走散在人海。

记忆里的春天，我们在一株白玉兰底下。她手里擎了一朵白玉兰，窃窃地笑。

我揿下快门拍了，去暗房冲照片，黑白色，冲出来，走到秋千架旁，笑嘻嘻递给她。她亦笑嘻嘻地看着我。

那真是一生中最好的时光了。

白玉兰又开了。人伫立在白玉兰树底下，心底会滋生出几许柔情——草木的情意，实在比人长久。人早已离散了，草木仍伫立在那里。痴心的，把春天一年一年送给你。

春风知心，折花相掷——须知一生中最好的时光，仍是现在啊。

3

我一直记得那个春天的黄昏。

我在田埂上骑自行车，我把自行车骑得像摩托车一样，像火箭一样。我想，也许我会骑着自行车到月球上去。

那时的我，对世界怀着无尽的好奇心。

我把柳树枝折下来，缠在铁丝上，绿绿的铁环滚啊滚的，滚到了造船匠的家里。

我去看那个造船匠造船。那个造船匠，一直嚷嚷着要造一艘诺亚方舟，可是这么多年过去了，那些铁钉都已经快要烂掉了，那艘大船仍连个影子都没有，那个造船匠，也早已不见踪影啦。

只有故乡的大槐树，一座北宋的寺，粮站，步云桥，桥堍底下阿庆嫂的馄饨店，阿四的理发店，茶馆店，金子铺，剪刀铺，唱越剧的老人，依旧还在。

可是我的旧时光，它去了哪里呢。

那辆凤凰牌自行车，绿绿的铁环，它们去了哪里呢？

我再也回不到少年时，春风里了。我只能怅惘地回首，望一眼故乡，望一眼春天。那个孤单的，像一朵云一样飘来飘去的小女孩。那个在脖子里挂了一把铜钥匙，走起路来叮当作响的小女孩。那个在河滩上捡石子，看着夕阳骨碌骨碌地从青龙湾的草坡上掉下去，饱含热泪的小女孩。

故乡，始终是我情之所牵、梦之所系的地方。哪怕小河、青草、牛羊、炊烟，再也不认识我。哪怕那条蜿蜒如白蛇的小路消失了踪影。哪怕故园的灯盏暗淡，破旧的屋子里，挂满了蛛网与灰尘。

哪怕祖母，再也不会伫立在门口，等候我回家。

似乎只有那一片土地，才是我们一生的眷恋。我们的灵魂，从未远离故乡，城市的高楼，禁锢不住它。它总是随着春风，一年一年回来。回到青青河畔，回到童年，回到昨日，大槐树底下暖融融的春光中。

十六岁，我提着一只大红色的行李箱，离开了故乡。祖母伫立在村口，冲我挥手，我一直记得祖母的白发，在风中闪烁。

我的祖母，一个慈悲的老太太，一生信奉“人在做，天在看”。晚年，仍身体十分康健，有一天早上，忽发脑溢血，再也没有醒来。

春天的黄昏，祖母坐在大槐树底下的一只藤椅上。一只老猫蜷缩在她脚旁。远远的，算命的王瞎子晃晃悠悠地走来，手里提着一只鸟笼，鸟笼里有一只翠绿色的小鸟。

祖母端出云片糕、龙井茶请王瞎子吃，央求王瞎子替我算一命。王瞎子让翠绿色的小鸟，衔出一张牌。

这个孩子，将来是要坐办公室的。

祖母摸着我的头，开心地笑了。

果然，我后来坐了办公室。

祖母永远不知道，大槐树底下的春天，是我一生中最温柔的时光。

4

女神节，学校组织去公园健行。那个公园，虽与学校只隔一条马路，却从未去过。每日如困兽一般，囚在一个格子间里。抬头只看到高耸的楼群。这几年，城西的楼群越来越高，把天空严严实实地遮蔽了起来。

四季流转，竟惘然不知呢。

日子走得忒仓促了些。一路跌跌撞撞地往前疾驰，人生究竟会走到何处去呢。这平淡、庸常的岁月，究竟又会发生些什么新鲜的事情呢。

也许司命早已把剧本写好，舞台、布景亦早就搭好，只差你登台，咿咿呀呀地唱，观众寂寥，掌声寂寥，甚至有人喝倒彩。可是不管呢，照旧咿咿呀呀地唱。莫辜负了这大好春光呀。

有时，未免会觉得深深的疲惫，想甩一记水袖，不管不顾，走到幕布后面去。一个人独自待着，什么也不想，什么也不做，就这样发着呆，看斜阳染红天际的微云，任凭时光之水，漫过我们的苍苍白发。

在春天，孤独会发芽，心中仿佛翻涌着什么，可是一句话也说不出来，也不想说什么话。

“醒来觉得甚是爱你。”

“寄给你全宇宙的爱和自太古至永恒的思念。”

“这里的一切都是丑的，风、雨、太阳，都丑，人也丑，我也丑得很，只有你是青天一样可羡。”

“假如你老了十岁，我当然也同样老了十岁，世界也老了十岁，上帝也老了十岁。”

“我愿意舍弃一切，以想念你终此一生。”

如此的痴情、缠绵的情书，应是在春天里写的吧。

这几天在看朱生豪写给宋清如的情书。这个莎翁的译者，小城有他的故居，就在梅湾街东侧。故居门口有一块石头，上面刻着两行字：要是我们两人一同在雨声中做梦，那意境是如何不同；或者一同在雨声里失眠，那也是何等有味。

朱生豪的儿子尚刚先生，我见到过一回。朱生豪去世时仍是一个年轻人，我见他儿子的时候，他的儿子已是白发苍苍的老者。

春天，我们说起海子、顾城，说起“朗读者”里的一个男人，卖掉了广州的房子，买了一个山谷，种了一山坡的玫瑰花。

亲爱的，当我说起春天，不知怎么，我闻到了玫瑰的芬芳。

此刻，天朗、气清、花红、柳绿，万物静默如谜。

一个人的春天，和许多人的春天交织在一起；一个人的孤独，与许多人的孤独交织在一起。

花开花落，是一场心灵的慰藉

周末回了趟乡下，途中看见一片油菜花。下了车，我伫立在花田里，俯下身子，凑近一朵花，倾听着她清浅的呼吸，只觉岁月安好，现世安稳。

一朵油菜花，予我许多慰藉。

大约是脸蹭到了花粉的缘故，不一会儿，脸上长出了几个红色的疙瘩。啊，竟然花粉过敏了。这几年，体质似乎越来越差，记得有一年去源东看桃花，回来就打了一个月的喷嚏。

孩子的爷爷说，油菜花过敏还算轻的，若是樱花过敏起来，那才厉害，不晓得这又是什么道理。一个爱花之人，患上花粉过敏症，真是天大的不幸。

想想看，每年春天，几乎最美的事情，就是等着花一拨一拨地开：李花、桃花、垂丝海棠、日本晚樱……小区里的花树，群芳斗艳似的，你方开罢我登场。一夜风吹雨打，很快零落成泥碾作尘，恍如梦一场。

春天不就是沦陷在一场盛大的梦境里吗。人在花树底下走着，一边走一边频频回首，去年的旧枝上，长出了新的叶，开出了新的花，只不过走在花树底下的人，眼角眉梢长出皱纹来了，很快很快，那个看花的人佝偻了腰，驼了背……不过只是一个眨眼哪，时间之河，终究是我们再也不能泅渡回去的了。

小区楼底下，栽了一株红叶李树。几乎已经落了一大半的花。大约再过几天，那一株花树就会完全凋谢了吧。春天，也很快到了尾声。

花开花落，不过是一场心灵的慰藉——叫伤怀忧愁之人，从阴郁晦涩的情绪里走出来。只要枝上的花朵永不熄灭，那么一个人心中的火焰，便永不会熄灭罢。

于是，那看花之人，一颗心渐渐豁然开朗了。从一朵花中窥见天地万物，内心与宇宙。一个人的内心，可以微小如一粒草芥果核，也可以像宇宙一样浩瀚无边。

说起来，最近有点伤感，这伤感是为了一个邻居老伯。老伯谈不上有多老，六十多岁，前几天突发脑溢血去世了。

之前经常见他坐下小区楼底下的木椅子上。现在，这一把空椅子孤零零的。

走过时也没有人再亲切地询问一声："上班去了呀？"

"下班回来了啊。"

不免叹息人世无常。到了这个年纪，却已经明白，无常即有常。

花开花谢，不过遵循、顺应自然的规律。人也应当遵循、顺应自然的规律才是。

前一阵，住了几天院，挂水。每天八九点就睡觉了，早上七点钟才醒来。睡饱了就等着吃饭，什么事情也不做，不过翻几页东野圭吾的小说，顿觉日子轻松。

医生说我体质太差。平日里都不运动吗。答，是。三十五岁，身体开始走下坡路了，要注意锻炼身体啊。医生嘱咐道。

接下来要好好锻炼才是。

吃过晚饭，去小区楼底下走了一圈。

河畔，垂柳依依，映在水波里。

人从垂柳底下走过去，便觉呼吸、吐纳是新的，一颗灵魂都是新的。

忍不住想哦、啊地发出一些感叹之词，想对那垂柳说些什么话。但什么都不必说，只是迈着轻快的步子，从那垂柳底下走过去了。

一生中最好的时光仍是现在啊。

不觉已春深

那天驱车回城，路上看见一个朋友，是一个爱钓鱼的人，摇下车窗问他去哪，说是要去乡下一个鱼塘。下着雨哪，没事，有雨衣。想着这个朋友，穿了雨衣蹲在鱼塘边的样子，真是一个痴心人。

小区楼底下的柳树底下，也有一个痴心的钓鱼人，支了钓竿，一动不动地坐了老半天，像一尊石像。

也许什么也钓不到，收竿的时候，仍是快乐而满足地叹一口气。

真好啊，——我总觉得，世上还有深情眷恋与热爱之人之事。这样的人是有福气的。

一个热爱自然，与自然倾心相爱的人，才会得到天地、光阴赐予的自在与欢喜吧。

每年春天，我仍会像个孩子似的，蹲在小河堤上看柳枝发芽。春之始，那第一粒嫩芽，有点瑟瑟缩缩的，仿佛轻轻一碰就会缩回去。

可是过了三五天，渐渐长出了两片叶子，一日日地狭长葱茏起来。

从烟花三月到大雪白头。

不觉已春深。

春天真是个急性子。马不停蹄一路往前去。

不知不觉，头顶上长出了一根白头发，起先还甚是惊心，非找出来拔掉不可，等到一小撮头发皆白了，也只好认命。

思君令人老，岁月忽已晚呀。

好久没出门了。那天他说带我去一个地方。去哪儿啊，他不回答，只说去了就知道了。

车子一直往西开，到了郊外一个荒坡上，只见一片樱花如雪，盛大而欢喜。从樱花树底下走过去，仿佛走在梦境里。阳光飞泻，刺得眼睛都睁不开，可是不知怎的，一颗心快乐地想要飞起来。

我回首朝他粲然一笑，他咔嚓一声按下快门。那一刻，时光仿佛倒回到很久以前，山河岁月，温柔的一幕一幕，闪现在我眼前……怎么一个转眼，已是落英缤纷。

回来的路上，车里播着一首旧民谣：

"如果我老了，不能再谈恋爱，你还会爱我吗？

如果我老了，不能再歌唱，你还会陪我吗？

陪我到卡瓦格博去晒一晒太阳

一起跪下磕个长头吧

数你的皱纹数我的白发

一生一世这样过去啦。"

车窗外，深深浅浅的绿，一层一层漫上来——风也是淡绿色的，吹在脸上柔柔的，暖暖的。密密匝匝的花，点缀在绿叶间——鸟雀的鸣叫，比往日欢快了许多，仿佛从哪儿走来了一个吹口哨的少年。

嚯嚯嚯，嚯嚯嚯。就是什么也不做，单是听一场少年的口哨演奏会，一颗心也是沉静而欢喜的。

快到谷雨了，四月是分水岭——气温不会再跳水了吧，把冬天的棉衣收起来，拿出衬衣、T 恤，一件一件挂到衣橱里……气温一回升，情绪也缓和过来。

草木一日比一日葱茏蓊郁，人也应该欣欣然，奋力向前走才是。

回来时经过一户人家，庭院里一株桃树结了果子，淡青色，毛茸茸的。

估摸着桃子熟透还要等上一段时间。

那一株桃树多有智慧啊，该开花的时候就开花，花谢了，就乖乖地结果子。

夜里，恍惚中听见蛙鸣——一阵一阵，从梦境中传来。想起小时候捉蝌蚪，养在廊檐底下的水缸里，等待它们长出四条腿，变成绿皮青蛙。

不知何故，水缸里的蝌蚪，从来没长出过腿来。

那一只绿皮青蛙，蹲在雨后的荷塘里，一柄圆滚滚的荷叶上。

一只青蛙一张嘴，两只眼睛四条腿，扑通一声跳下水。

荷塘里究竟藏了多少只青蛙呢，谁也搞不清楚。只见它们鼓着眼睛，一动不动蹲在荷叶上，人来也不惊，仿佛入定的老僧。

乡村的夏夜，每天都有一场青蛙音乐会。

童年的我，耳朵真有福气呢。

感谢黄鳝

刚插好的秧田，一片白茫茫。秧苗又稀又疏，淡淡的，若有似无，不仔细还看不大出来。

过个三五日，便是绿绿的油毡子了。

我插秧贪图快，一两株一棵，隔老远一行。歪打正着，这样的秧田反而长得更茂盛。反正我种的田，到时候长得最好，结的穗子也最多。父亲背着双手伫立在水稻田边，笑呵呵的。

走过的人对父亲说，金寿，邪门了，怎么每年你家的稻田都长得最好啊。

父亲笑而不语。总不能告诉别人：我家小橘子为了偷懒，把秧苗插得又稀又朗，所以才结了这么多穗子吧。

况且说了别人也不一定相信。

总之，我这偷懒的法子，后来父亲如法炮制，所以嘛，在村子里，我们家三下五除二早就把秧田种好了。

别人还匍匐在水田里插秧。我们家早早就收工了，洗了澡，换上干净的衣裳，搬了一个小桌子，坐在稻场上吃夜饭了。

几只油汪汪的咸鸭蛋，一大盆粥，还有一只从井里捞上来的大西瓜，切开来，沙瓢——那时候的西瓜真有西瓜味啊，闻起来鼻子都是西瓜香，现在的西瓜真不是东西，切都切不开，硬得硌牙。

吃过夜饭，小黑哥喊我去钓黄鳝。用的是钓子——劈了竹竿，系了尼龙绳，底下穿了一个大头顶弯的钩子，钩子上插了一条蚯蚓。

黄鳝那家伙，贪吃得很，一见蚯蚓就上钩了，咔嚓，就把脖子给钩住了，可是越挣扎越卡得牢，再也逃脱不掉了。

我们把钓子提上来的时候，那蠢家伙还在拼命挣扎呢。嘿，认命吧。把钩子从它嘴里取下，往塑料水桶里一扔，明天托爷爷去集上卖掉，换烧饼油条和钱。

有时候，拎上来的是一条大花蛇，妈呀，钓子一扔，撒开腿就跑。

也有人专门钓蛇的。据说蛇浸泡在酒里，是个好东西，可以治许多病，痛风、湿疹啥的。春香奶奶说，蛇皮清凉，凉拌一下，吃了皮肤不长疹子，真是亏她想得出来，可就是吃了会变成白雪公主，我也不敢吃呀。

漆黑的夜，天上无月。我们穿行在白茫茫的水田上。

青蛙的声音此起彼伏。

小黑哥说，听，青蛙音乐会。呱呱——呱呱——真美妙啊。

我们深深陶醉在其中。

照青蛙的人，头顶上戴个灯泡，也在田头晃来晃去。

我们很讨厌照青蛙的人。他们一来，青蛙仓皇奔逃，叫声七零八落，有时候，忽而集体噤声——一只绿皮青蛙，蹲在田埂上，与那个照青蛙的人对视。

照青蛙的人麻利地用网一扣，把青蛙扔进了竹篓里。

我们懊恼那个照青蛙的人，因为钓子上的黄鳝，也被他顺藤摸瓜，给顺走啦。

我们懊恼着明天没烧饼油条吃了。

那个照青蛙的人真可恶。破坏了一场田野音乐会不说，还来偷我们小孩子的黄鳝。

要是被我们碰到，有他好看。

可是，我们在田的这一边，他在那一边，我们去那一边，他又来这一边。啥时候也碰不到。偶尔碰到了，我们也不敢吭声，他长了一张马脸，看起来很凶狠。要不然，他怎么会把那些绿皮青蛙穿起来，剥它们的皮、抽它们的筋呢。

老师说，青蛙吃害虫，对庄稼有益。

因此，那个照青蛙的人可不是什么好人。

爷爷喝早茶回来，给我们带了烧饼油条，还有一小卷皱巴巴的钱。小黑哥和我平分。藏在储蓄罐里，买文具和书。

我们后来变成有文化的人，有一小半是沾了黄鳝的功劳。

感谢黄鳝。

有时候，水桶里剩了一两条黄鳝。爷爷就坐在廊檐底下杀黄鳝。黄鳝的血，据说溅到脸上擦不掉，会变成痣。有一次，爷爷杀黄鳝的时候，我蹲着看，一滴血溅到了脸上，使劲擦，怎么也擦不掉，后来，它真的变成我脸上的一颗痣了。

不晓得，这是不是黄鳝对我的惩罚。

爱莲者

1

荷花，也叫莲花。一种古老的水生植物。埋在淤泥底下的莲藕，遇水则生发出来。春天时走过荷塘，见到浮在水上的圆叶，浮萍一样，被风吹散又聚拢，一颗初识人世的心，就略略有些怅惘。

初夏的荷，从水底伸出一枝长长的绿茎，茎上一朵花蕾，粉白、寂静，美则美矣。雨点啪嗒啪嗒，掉在一顶圆滚滚的荷叶伞上，像白的珍珠，从镶嵌了荷叶边的裙裾上滚落下来。

为谁霓裳羽衣舞，说的就是荷吧。若荷是一个女子，亦是天底下顶娇柔、羞怯的女子，肌肤胜雪，抹了粉红的胭脂，一笑倾人城，再笑倾人国，三笑，怕是那个误入藕花深处的人，再也寻觅不到归途。

与荷初识，应是少年时。一个落雨天，从外婆家回来，路过一个小村庄，名字叫荷花。荷花村里，果真栽满了荷花。一片片，火焰一般，刹那点燃了少年的心房。我疑心是跌落到一个梦境里了吗。揉揉眼睛，天边乌云翻墨，轰隆隆的雷声，擂响了大地这面鼓。

妈妈说，快，那边有户人家，我们去躲躲雨。我们刚到那户人家的屋檐底下，雨啪嗒啪嗒落了下来。那户人家的女主人，端出一盆莲子，招呼我们吃。淡青色的莲子，剥开来，是雪白的肉。入口，唇齿间一股淡淡的、苦涩的清香。

一盆莲子吃罢，雨停了。我们继续赶路，可总觉得有什么不一样了，这个途中偶然邂逅的小村子，那个笑盈盈地伫立在屋檐下，荷花一样温柔的女主人，许多年以后，仍像电影一样，出现在我眼前。

许多年以后，我去建德新叶古村。去的时候是盛夏晚晴天，荷花灼灼，香远气清。沿着荷塘绕一圈，笑语晏晏。有一个叫许仙的，采了一枝荷，众人笑，是赠你的白娘子吗。许仙讷讷不言。夜宿山村人家，卧室的窗台上，有一只玻璃瓶，不知谁插了一枝荷。那一夜，清梦甚惬，梦里皆是荷花淡淡的香气。

2

那个擎荷的少年，是我的侄子。

一放暑假，他就来到城里住在我家，跟着他的妹妹一起去游泳，逛游乐场，下馆子。他的妹妹上兴趣班的时候，他偶尔也跟着去，安静地坐在角落里。他多半是沉默的，不太说话的。

回到乡下，他忽而变得活泼起来。骑了自行车，风驰电掣地行驶在乡间的小路上，身后还跟着小白（一条草狗，由于多日不见小主人，显得尤其亲热）。

小路两旁的水田里，栽了一大片荷花。大约是肥料好的缘故，长得奇高奇大，叶子亭亭。淡粉色的花苞，从绿叶间探出来。风轻轻吹送来一片幽香。

我想采一枝荷，无奈那枝荷离我太远。侄子说，姑，我来采。他猫着腰，踩到小路旁的泥地上，身子斜过去捞到那枝荷，一把从水田里拔了上来。

呵，好家伙，多长的一枝荷呀。简直像在底下装上了一截竹竿似的。比我要高上好大一截呢。侄子把那一枝荷擎在手里，那样子令我想起鲁迅笔下的少年闰土。如要摹写一段，我会这样写：深蓝色的天空中挂着一轮金黄的圆月，下面是一片水田，栽着一望无际的荷花。其间有一个十一二岁的少年，穿了蓝色 T 恤、黑白格子短裤，手中擎着一枝荷。

到了侄子这一代，童年亦已经寡淡。天底下的许多新鲜事，亦是装在了手机、iPad、电视机的盒子里。

幸好还有那几亩菜地、水田。还有小白和一群鸭子。

侄子拿了网兜去水田里捞浮萍，逮到几只田鸡，扔给鸭子吃。鸭子下了一个双黄蛋。侄子喜滋滋地拿来给我看。又去菜园里掰玉米、摘香瓜。侄子说，姑姑，这里有鸭粪，你还是站在那里好了。

于是我低头看了下脚上穿着的那一双镶嵌了水钻的凉鞋，果然很不合时宜。至于他的妹妹，见了小白，就一直躲在车子里。我爸冲侄子喊，快把小白关到柴房里去。侄子替小白委屈道，真是的，小白又不会咬人，妹妹真是个胆小鬼。说归说，但还是把小白关起来了。小白撞着门，一直呜呜地叫。

侄子只好把小白又放了出来。父亲拿出祖父的威严说：去拿条锁链把小白锁起来。侄子说，就不，有本事你把我锁起来。

那个擎荷的少年，气哼哼地站在门廊下。小白围着它的小主人，摇头摆尾。过了一会儿，侄子拿了一柄剪刀，把摘来的那几枝荷修剪至一样整齐，递给我说，姑姑，回家用清水养起来，不然很快会枯掉。月光底下，这个擎荷的少年，侧影几乎长得与弟弟一模一样。

时光仿佛倒回到很久以前。这荷塘的月色，夏日的香气，仍是几十年前的。只是这月光底下的少年，到底不是昨日那一个了。

3

荷是有幽香的。车子里放了那几枝荷，心忽然就安静下来了。想起中学时念过一篇古文《爱莲说》：“予独爱莲之出淤泥而不染，濯清涟而不妖，中通外直，不蔓不枝，香远益清，亭亭净植。”写得真是好。

这莲的枝，果然是中通外直，那么修长的一茎，折下的一段，中间是空的，横切面似一只藕，垂下几许丝。真是不蔓不枝呢，故而有一种清冷之美。摘了的这几枝，皆还是花苞，粉中带娇。噫，美则美矣。

抱了那一束荷，驱车十几公里，至郊外一家甜品屋。名字叫小乔。这名字取得忒好，令人想起“小乔初嫁了”的那个小乔。

店在荒芜与僻静之处。一个女孩子独自在守店。这甜品屋，布置颇文艺，墙上挂了车牌，垂下淡绿色的煤油灯盏。木头花纹的吧台。玻璃花瓶里插着几枝白玫瑰。门是一块布帘，印着红玫瑰，印着英文“flower”。角落里有个白色的小圆桌。我把那一束荷放在圆桌上。那个女孩端了甜品走过来说，哈，这荷花可真香啊。

不知为何，深夜抱着一束荷，光临这样一家在郊外的甜品屋，我心中忽然涌起一阵幸福的感觉。想起诗人冬子说过的一句话：“以自己喜欢的方式过一生。”也许世上并无桃花源，桃花源只在我们心中。

那一束荷，就是一个桃花源啊。有一间陋室，苔痕上阶绿，草色入帘青。可以调素琴，阅金经；无丝竹之乱耳，无案牍之劳形；有布衣，荆钗，虫鸣，以及荷塘月色。这样不知有汉、无论魏晋的日子，是我喜欢的。

夜深花睡。那几枝荷，插在一只阔口的玻璃瓶子里，搁在茶几上。在我睡着的时候，她们也一起睡着了吗。

清晨醒来，发现茶几上的那一束荷有一朵已经完全绽开了。另两朵的花瓣，也正在一点一点打开，简直可以听见花开的声音呢。

淡黄色的花蕊里，住着许多小蚂蚁，吮食着花的蜜。花蕊中央托着一只小莲蓬，二十八颗小莲子，团团围在一起。好一个袖珍的“花洒”呀！

荷花凋谢以后，就结了莲蓬。大约这世上所有的花凋谢以后，都会结果子吧。譬如世上的女子，会生孩子。女人如花，花似梦呵。

那么荷，一定是一个很特别的女子，不似凌霄，一大片攀缘在老房子的屋顶上；亦不似玫瑰，长了一身的刺。荷是不施粉黛的，穿了一袭素色的衣裳，未开口说话，倒先含了几分羞。

柳眉、朱唇，百转千回，情思翩跹，才下眉头，却上心头。

我想一个名字叫忆莲的女孩子，也许只是因了她的父亲，怀念一个名字叫莲的女子呢。

安妮宝贝改名庆山以后，写了一本小说《莲花》。在这本小说里，她写到不同种类生命的状态，不同种类的死亡、苦痛和温暖。

她写道：“众生如池塘中的莲花：有的在超脱中盛开，其他未开则被水深深淹没沉沦于黑暗淤泥之中。有的已接近于开放，它们需要更多的光明。”在这本书中，莲花代表一种诞生，清除污垢，在黑暗中趋向光。

那从淤泥中开出来的一枝莲，一定是汲取了太阳的光辉，以及世上许多的光明，才会这样清冽、幽雅、温柔、素净，不染一点污垢与尘埃。

予独爱莲之美，更爱莲在黎明之前，黑暗尚未褪尽之时，那一种寂静与隐忍，默然与欢喜。

那个挖藕的人

二十亩水田，灌满水，现在成了荷塘。每亩每年一千一百块的租金，租给了那个种荷花的安徽人。那个安徽人什么时候来到我们村子里的呢，谁也说不清楚。只是有一天黄昏，在鳏夫连寿家，来了一个安徽人。那个安徽人，脸膛黝黑，微胖，搓着手。手指的关节凸出，长年累月劳作留下的痕迹。

那个安徽人说，想租二十亩水田种莲藕。村子里的人一听租金不少，都同意了，签字、画押、付钱。

春天，莲藕种下去，白茫茫的水田，什么也看不见。

初夏，浮起团团的荷叶，渐渐地，抽了茎，开了花，仿佛一群粉红女郎。

路过我们村子的人，纷纷从小路上旋下来，折几枝荷花。

那几个安徽人也不恼，花无甚用处。只是，摘了花，莲藕会长得不好一些。黑脸膛的大哥说。

结了莲蓬，也不摘，任其枯萎掉。倒是顽童去摘了些，剥掉壳吃果实，呸呸呸，好苦。顽童不知。莲子淡绿色的心是苦的。可以清火。

秋天，我摘了几只枯掉的莲蓬，放在案头当清供。

初冬，一片残荷，仿佛旧画上的五线谱。

莲藕在淤泥底下滋滋滋生长。

又是一年春天。莲藕收获了。

那个挖藕的人，穿了皮衣皮裤，大半个身子陷在淤泥里。

藕一节一节，锯齿似的长在淤泥底下。挖藕很费力气，须戴上厚厚的皮手套，不然手会被割破。荷的枯茎，刀子一样锋利。

藕是竖着长的，还是横着长的？我问那个挖藕的人。

那个挖藕的人笑了，当然是横着长的。一节一节，越往下越小。那个挖藕的人举起一茎藕给我看。果然大大小小，总共有七八节之多。每一节上长了胡须，黑乎乎的。

那个挖藕的人把胡须捋掉，掰掉岔出来的旁枝。旁枝上，也长了藕节，不过略小一些。

这个来年当种子，种子越小，长出的藕越好。那个挖藕的人说。

可不可以剩下一些藕不挖掉，让它们自己再长出来？

那可不行，自己长的大大小小、乱七八糟，不可以偷懒。那个挖藕的人笑嘻嘻地说。

“一亩田可以收多少斤藕？”

“三千斤。”

“哇，这么多。”

“那你一天能挖多少藕？”

“一千斤。”

“哦，那二十亩田，要挖上好几十天。藕多少钱一斤呢。”

那个挖藕的人苦笑了一下，八毛钱。

一亩田三千斤藕，二十亩六万斤，可以卖四万八，去掉二万二的租金，只余二万六，还有种子，挖藕的人工费。其实赚不了几个钱。

遍身罗绮者，不是养蚕人。说的也是挖藕人啊。

道理是如此，那个挖藕的人仍是一丝不苟，匍匐在水田里，像挖金子一样挖着淤泥深处的藕。那些少女的胳膊一样浑圆的藕啊，被送到饭店做成冰糖桂花甜藕、扁豆松子藕片；还可以晒干，制成雪白柔滑的藕粉。

每一只藕，都是那个挖藕的人费力挖起来的。它们挖上来的时候，还沾着泥水、浮萍和故乡的风。

这吹过来又吹过去的风，令我惘然呢。

我蹲在小路上，与那个挖藕的人有一搭没一搭地说话。小路旁开满了细碎的白花，仿佛绣在裙裾上的花边。

日头炎炎，大半个小时之后，我的脸晒得滚烫，想要躲到浓荫底下。可是那个挖藕人无处可躲，还有十几亩水田要挖呢。

这些藕要卖到福建去，这里的菜市场消化不掉这么多藕。这一带承包种藕的人太多了，所以藕的价格压得很低，藕也卖不动。

我喜欢吃藕。切成薄片，在水里煮一煮，捞上来，淋上酱油、糖和醋，凉拌，吃起来酸酸甜甜。

偶尔也灌了糯米，煮桂花糖藕。

一屋子都是桂花香。可以安度人间好时光。

莲的柄荷梗，可入药；叶如一顶撑开的雨伞，晒干可制荷叶茶，有一股清气；荷花硕大，美艳，可远观不可亵玩；至于用荷花裹糕点、放在白瓷盘里，是精致的吃食。

据说莲藕有清热凉血的功效；可通便止泻，健脾开胃；还可滋阴、美容养颜；不过性寒，产妇不宜多吃。

那个挖藕人挑了几节粗壮的藕扔到岸上，非要送给我。

我说要给钱，他生气起来，又不是值钱的东西。

我扛着藕回家，父亲看见了说，拿两个甜瓜去给挖藕人吃吧。

我把甜瓜悄悄放在小路旁的草丛里。

那个挖藕人，仍匍匐在水田里。夕阳西下，他仍没有直起身子来，仿佛匍匐在水田里的一株庄稼。

|第二辑|

绿荫寂寂樱桃下

野番薯地

我家屋背后有一片空地，堆着鱼鳞似的瓦片，那是我们家造房子时剩下的。乡下人把什么破烂东西都当成宝贝，柜子里塞满了鞋底，牙膏，衣服的边角料，等着货郎来村子里的那一天，好搜出来换玻璃珠子和皮筋。

那瓦片上爬了一片野番薯藤，不知是小鸟衔来的种子，还是它们自己长出来的，反正很快就爬满了瓦砾，欣欣然呈蔓延之势。那野番薯叶子奇大，镶着暗红色的边，春天时开出细碎的白花，风一吹，有一股奇异的香气，使人昏昏然、醺醺然。也许那香气闻了使人中毒也说不定，可是小孩子才不会管。

照例一天到晚野猴子似的在外面乱窜。

野番薯地里长着狗尾巴草和蛇莓。那蛇莓招摇着艳红色的果子，偶尔还能看到蛇褪下的皮，白乎乎塑料纸似的一截，看着就令人脊背发凉。

村子里的蛇实在太多，潜伏在墙脚边，瓦砾下，稻草垛底下，甚至于碗橱之中。有一次打开碗橱，赫然发现一尾青蛇，正骨碌着三角形的小眼睛瞅着我，吓得我一边大喊救命一边逃到屋子外，“咚”一声撞到奶奶身上。

“死丫头，大白天撞见鬼了？”奶奶劈头骂我。

“奶奶……比鬼还可怕……是蛇……碗橱里有一条蛇……”我害怕

得结巴起来。

“那是显灵的祖宗，庇佑家里太平的。”奶奶舀了一碗米，恭恭敬敬放到碗橱上，朝青蛇作揖，那青蛇竟忽然消失不见了，真是奇哉。尽管奶奶一口一个祖宗，我的脊背仍是凉飕飕的，每次打开碗橱就无端地惧怕，幸而后来那青蛇一次也不复出现。

会不会它游到野番薯地去了，我疑心着，那蛇莓吐着红信子，一日艳似一日。

野番薯藤不长果实，不过摘下它的茎，照例可以一搭一搭地折成项链和手链，叮叮当当挂在身上，走起路来一步三摇，俨然美丽的新娘子。这时候隔壁的海兵哥和阿牛哥就蹲下来当轿夫，四只手绞在一起搭一顶轿子，让新娘子坐到轿子上。两个轿夫还兼任了乐师，呜呜哇哇吹起唢呐。

接下来是拜天地，吃喜酒。摘了野番薯藤的叶子，狗尾巴草，剁碎，揉出籽，又采了蛇莓（大喜的日子，忽而壮了胆子，对蛇的畏惧之心也收敛了不少），盛在瓦片的盘子里，舀了墙脚边一只瓦罐里蓄的雨水当美酒，层层叠叠摆了一地。又捡了树枝当筷子，有滋有味地“吃”起宴席来。待到有一日披上嫁衣，才发现一切早就在童年预演得烂熟于心。

原来人生的盛大与恢宏，只不过是一场童年办的家家酒。那么，还有什么事情是我们所不能释然的呢？长大了的我们，无论在何时、何地，怎样的境遇中，只需保持着一颗天真烂漫之心就好了。

然而一个人永葆童心终究是不可能的，譬如现在的我，仍去折野番薯的紫茎项链披挂一身，谁见了都非要以为是疯子。

在我们村子里，倒是有一个疯子的，是个模样很秀气的青年，名字叫阿盼，每天都是笑眯眯的，所以我们叫他眯眯盼。我们过家家的时候，眯眯盼来了，于是我们请他入席，饮酒，吃菜，他接过瓦片里的雨水一饮而尽，又吃光了几盘蛇莓，嘴角染上了红色的汁液。长大以后，我听说蛇莓长在蛇出没的地方，可解蛇毒，因它本身有剧毒，可是眯眯盼吃了并没有中毒。第二天他又好端端地来了，继续充当我们婚礼的宾客。

屋背后的那堆瓦片和野番薯地，不知何时毁掉了，父亲在那里安了自来水管，又砌了一堵围墙。在围墙边，砌了一个花坛，种了桂花、金橘和月季。地是水泥地，再也没有蛇的踪迹了。办家家酒的小伙伴纷纷作了鸟兽散，眯眯盼有一天从村子里消失了踪影再也没有回来，亲爱的奶奶也已不在人世许久了。可是，每当我回到故乡，从围墙下走过的时候，依然闻到那股奇异的香气。

人的一生，无论走得多远，也许最快乐的时光，就是在童年。那时天地之间一切皆为宝物，一切皆为乐事，那真是生命中至福的时刻。

竹之舞

妈妈生了弟弟，把我寄放在外婆家。

去外婆家只有水路，爸爸开挂机船送我去，船劈开碧波（那时候的天好蓝，水好蓝，蓝得仿佛一个梦境），来到一个名字叫李家埭的小村子。

初次寄居到陌生之地，我胆怯地躲在门背后，有个人经过，瞅见我，朝我打招呼："哟，谁家的小姑娘呀？"我"哇"的一声大哭起来，外公拿着笤帚追那个人，那个人只是抱头鼠窜，一个劲地喊冤："坤林叔，我可是什么也没干，不知道这小姑娘咋搞的。"

那个人是村子里的浪荡子，我已经不晓得他叫啥名字了，可是外公气势汹汹去追他的那一幕，却永恒地留在了我心底。

在外婆家的后院，种着几杆瘦竹，好似扇子画上移栽下来的，美则美矣。这是稚童第一次与竹子毗邻而居，那婆娑的竹叶，摇曳出另一个奇幻的世界，竹下有多少奇妙的生灵在歌唱，麻雀、蝴蝶、蜜蜂、蚂蚁、蚱蜢、蝈蝈甚至还有竹叶青，那种似一截竹子似的小青蛇。哎，我每次遇见，都会忍不住大声尖叫。

直到遇见隔壁那个叫小青的女孩子。

我初次见到小青，她穿着一袭绿纱裙，那闪烁着粼粼波光的眸子望着我。

"你是小橘子？"

"嗯，你是小青？"

我俩一眨眼工夫就好得分不开了。

小青的爷爷是个舞蛇人，据说蛇能听懂他的话，小青喜欢蛇，把爷爷抓来的蛇当花环围在脖子上。有一次外公跟我讲白蛇传，里面也有个小青，我疑心小青就是那条青蛇变的。

当然她不是。她只是人世间一个极其平凡的女孩子。二十年以后，外公生病卧床，我去探视，走到村子口，看到一个略微发福的妇人的身影。她转过头，四目交会的瞬间，那些过去的时光在我眼前飞快地掠过去。

竹林婆娑依稀似旧影，荒草如涟漪摇曳不止。它们还认得这两个童年的小伙伴吗。

我朝那女子走过去，认出了她那双闪烁着粼粼波光的大眼睛。

"小青！"

"哎呀，小橘子。"她扯了扯衣裳，遮住有点发福的身体，"差点认不出你来了呢。"

二十年的光阴，一个笋芽儿足以长成一株参天巨竹。那么，一个女孩子呢？

幽幽竹篁底下，依旧回响着一个童真的梦。

犹记得外公在竹林里绑秋千，用一只麻袋，两条麻绳，牢牢系在两根竹子间，然后，让我和小青坐上去，外公的手轻轻一推，我俩便成了云端的仙女。竹林里回响着一片尖叫声。云雀来了，布谷鸟来了，左邻右舍的女孩子都来了，秀芳、琴儿、宝娜——但我仍只和小青要好。

竹笋生南国，春来发几枝。一只一只破土的竹笋，像尖尖的小锥子，一点一点抽高，拔节，蔚然长成一杆杆修竹，可入郑板桥的画，亦可入苏东坡的诗。无肉使人瘦，无竹使人俗。东坡先生对竹低吟。没有竹子的居所令人落入俗人之列，与竹为邻的我们，自然沾染了竹的高洁与修养。

我寄居的日子，发现外公是个身怀绝技的老头。他不仅认识天上的牛郎星、织女星，还会讲三国和水浒，以及各种各样的传说故事。外公编的小竹篮精巧又耐用，谁见了都赞不绝口。外公砍下后院里的竹子，劈成细细的篾条，徒手织起经纬，哈，简直是盖世的功夫。

外公的爱竹之心，胜过了口腹之欲，他不舍得摘下刚刚冒出的嫩笋，任由绿意掩映了纸纱窗，浓荫遮蔽了瓦上霜。外公砍下老竹，做成竹篙，送给爸爸和姨夫。又锯成一节一节，做成茶杯，并且在竹上刻了五个字：“可以清心也。”外公告诉我，那五个字有五种念法：可以清心也，以清心也可，清心也可以，心也可以清，也可以清心。我从头至尾念了一遍，想不到世界上居然还有这么好玩的文字游戏。

外公用竹杯泡绿茶，那茶氤氲着一股竹的清香。许多年以后，有一次去某餐厅吃饭，看到自助茶水处，摆着竹子做的茶杯，不觉有点惘然。噫，谁偷走了外公的创意。

一杆纤纤细竹，勾起了多少童年的记忆？竹子最浪漫的时候，应属当风吹过之时，那沙沙的响声，好似一首温柔的曲子，况且这曲子只奏给世间两三人听。于是我替小青、外公和我，以及我们的六只耳朵感到幸运，真是有福之人与有福之耳啊。

当我躺在竹的枯叶铺上，仰观宇宙之大，当风吹过，那千片万片的竹叶，忽而簌簌地从天空中撒落下来，翩翩起舞，何等曼妙的竹之舞。

外公去世以后，世界上再没有另一个人给我绑秋千、编小竹篮，亦没有人陪我听竹的音乐会、看竹之舞了。可是在我的心中，永远有那温柔的喧响，竹之舞的仙姿。在我心中，永远有一个绿色的童话，一个充满爱的童年。

桑果谣

那天表哥在学校门口遇见我。

“小橘子，到我家去做客吧。”表哥殷勤地拎过我的书包。

“那得托人告诉我妈才行。”我忸怩道。

这时，恰好英子从后面走过来。表哥忙高声对她说：“英子，回去跟小橘子妈讲下，今天小橘子不回去了，去横村浜她三姑姑家了。”然后不由分说拉起我的手就跑。

小橘子不回家是常有的事，因为小橘子经常莫名其妙地在放学路上走着走着就失踪了。不过小橘子的妈也不着急，小橘子不回家，一定是去了横村浜。

倒是小橘子心里着急，哎呀，三姑丈说了，小橘子这么喜欢跟着表哥，那么长大了嫁给表哥好啦。三姑丈一边说一边还嘻嘻笑着。真羞人。所以小橘子见了表哥才有点忸怩。

表哥虽比我只大一岁，不过长得很魁梧。有一次班上的沈涛欺负我，表哥知道了，放学后就在校门口堵住沈涛，威胁他要是再敢欺负我就揍他一顿，沈涛后来见到我一直点头哈腰的。我一下子威风起来，心想只要身边有表哥这个保镖，世界上谁也不敢欺负我。

初夏的黄昏，晚霞染红了天际的微云。农人走在开满紫花的田埂上。

一条条垄沟，如水蛇蜿蜒在大地上。表哥仿佛脚底有轻功，从垄沟上跳过来，跳过去。垄沟对面的土坡上，长着几株桑树，村子里不再有人饲蚕，这几株桑树却仍好似丰腴的绿美人，舒展着油光光的叶子，风一吹，落了满地的紫果。

我们把桑葚叫狗粪果。因为吃了桑葚，拉出的大便呈黑色，如狗粪一般。

还有那桑汁染到手指、唇齿上就变作了乌色，洗都洗不掉。然而那鲜艳欲滴的色泽，诱引着我。

“表哥表哥，我要吃桑果——”我撒娇道。

“好好好，表哥给你采——”表哥野猴子似的“嗖”一下蹿上树去，往下给我掷桑果。霎时，满地都是桑葚紫汁，一股浓浓的甜汁化在了我嘴里，如饮琼浆。

那熟透的桑葚，有一股好闻的酒味儿。

正在陶醉之中，听到表哥一声大喊：“小橘子，毛毛虫爬到你衣服里去了。”

“在哪里在哪里？”我着急地抖衣服，可不是吗，地上躺着一条青色的毛毛虫，可是好奇怪呀，为什么那条毛毛虫一动也不动呢，我壮着胆子捡起来一看，原来是一粒青果。

“哈，表哥你好坏。”我朝表哥追去，一边追一边朝他扔桑果。一场混战下来，衣襟上开满了紫花。太阳也骨碌碌地滚落到河对岸的草坡上。

直到天色渐晚，两张花猫似的脸，出现在表哥家的水井边。那幽深的井壁上，长满了苔藓，会不会通往龙宫呢，我们把头伸到里面，对着黑黝黝的井水喊起话来：“喂——喂——”那井底也传来一模一样的回音，吓了我们一大跳。

荷锄的农夫从田埂上缓缓归来，淡蓝色的炊烟升起在一望无际的稻田之上。

忽闻一阵突突突的声音，是三姑丈开着挂机船回来了。表哥跑到河边，接过三姑丈扔过来的缆绳，系在一根大树桩上，又扛过一块木板，铺在船与河阶之间，他的侧影看起来已经有点像个少年了。

那一颗青果，在时光中发酵，边缘微微泛起了一点红，渐渐又变作了梦幻紫。而小橘子与她的表哥，再回不到青梅竹马、两小无猜的旧时光中了。

桑葚桑葚，你还记得否，你的紫衣曾披在一个小女孩身上。如果，如果长大后非要嫁给一个人，那么，那么就嫁给表哥吧。

如果，如果要唱一曲怀旧的歌，那么，那么且让我轻轻、轻轻地唱这一曲桑果谣。

扁担与水井

恐怕现在的孩子不会晓得，从前的水是用扁担挑来的。扁担上垂下两根很粗的链条，末梢处吊着一只铁钩，钩在木桶上，天蒙蒙亮，挑水的人就出发了，脚步惊动了草叶上的露珠和瓦上的白霜。等到孩子们起床，院子里的那只大水缸已经蓄满了水，孩子揉着惺忪的睡眼，去水缸里舀一盆水，蹲在院子里的一块大石头上，一边刷牙一边东张西望。

母亲把鸡鸭鹅从竹棚里赶出来，满地飞着鸡毛鸭毛鹅毛，猪也哼哼唧唧地叫唤着。动物们于村庄是主角，人反而退到暗处成了背景。

村子里的男孩子几乎都有过挑水的经历，那条碧青色的新扁担，由父亲磨得发了乌，油光闪闪，郑重其事地交到儿子手上。那不亚于一个男孩子的成年礼。我们家因我是长女，挑水的任务便由我接过来了。

记得初学挑水，才知道这是个苦力活，那两只挑水的木桶太大，我家的屋子又与河阶离得很远，每次我只挑得动半桶水，而且还得歇两歇，等到晃晃荡荡走回家时，一小半的水洒在了路旁的草丛里。怪不得那路旁的小草见了我总要点头微笑，原来每天不辞辛劳、浇灌它们的那个人就是我呀。

隔壁的天生叔见了我，笑嘻嘻地说：“哟，小橘子，少挑一点，不然个子会长不高哦。”

我朝他点点头，继续嘿哟嘿哟往前走。

听说村子里的志红姐，就是因为妈妈生病去世了，过早揽了大人的重活，所以个子才长得矮，人倒是十分漂亮。大人说起她来一脸惋惜。她的爸爸名字叫连寿，是个很有情义的男人，老婆过世以后，再也没续弦，又当爹又当妈把女儿拉扯大。村子里的人陆续造起了楼房，连寿也不甘落后，咬咬牙造了一幢二层小楼。志红姐那时不过十来岁，干活时手脚十分麻利，几乎能顶一个小工。吃上梁酒那天，听说连寿偷偷抹眼泪了，不知他是想起了早逝的妻子，还是为了懂事的女儿。

往返挑了几趟，我的肩膀斜了，水桶拖到了地上，再也走不动了。我一屁股坐在地上。

“好心人快点来救救我吧。”我嘟囔着。

隔壁的海兵哥飞快地跑来了，接过我的扁担。我使劲地甩着又酸又涨的胳臂，跟在海兵哥后面。

很多年以后，我总是梦见那个白雾弥漫的清晨，从小河到我家的小路上，有一条洇湿的水迹，两个少年，一前一后走着，男孩子挑着水，女孩子手里采了一束野花，仿佛这样一直走下去就可以走到地老天荒。

醒来后发觉，胳膊仍好酸好涨哪，依旧被那根生活的扁担重重地压着。

小时候，我曾想，要是，要是那口大水缸每天自己会长出水来，那该多好啊。长大后，听到了一则小故事，说是几个沙漠里的人到城市，发现只要一拧水龙头，就会汩汩流出清泉，于是那几个人买了一堆水龙头回沙漠。听了不禁莞尔，那几个沙漠里的人，实在有一颗比孩子更天真的童心哪。

我的苦日子持续没多久，有一天，爸爸决定在院子里挖一口水井。爸爸请了几个挖井师傅，吭哧吭哧挖了老半天，一口圆筒形的漂亮的水井终于安在我家院子里了。起先那打上来的水还是一片混浊，没过几日，井水就清澈见底了。

爸爸又在井边砌了一块大青石，供女人们洗衣、洗菜，叽叽喳喳聚众闲聊。天气晴好的日子，去祖宗的坟地上摘了木槿叶，揉出浓稠的汁水，再把一头焦黄打结的头发浸到里面，那头发刹那间就变得光滑柔顺起来了。晒干了以后还有一股淡淡的清香。

夏天的黄昏，是水井旁最热闹的时候，一家老小或搬竹椅，或坐在冲洗过的青石板上，祖母一边摇着扇子、一边讲鬼故事，孩童痴痴地听着，不知不觉倦了，快要睡着的光景，忽然被嗡嗡的蚊子叮了一口，祖母的蒲扇“啪”一下落下来，留下一摊血迹。

那只倒霉的蚊子，转眼成了肉酱，孩子的睡意也被赶跑了，这时候她抬头看见天际一颗拖着尾巴的流星，不禁觉得惘然，星河宇宙，多少生命转瞬即逝，千年即是一个瞬间啊。

犹记得我和弟弟趴在井壁上，双手拢成喇叭状，朝井底喊：“喂——喂——有人吗?”我们以为那口井一定通着龙宫，说不定里面还住着小龙女呢?不然怎么用了一天完全干涸掉了的井，到了第二天早上，又蓄满了清水。

谁能告诉一个稚童天地间的奥秘呢。譬如草为何会绿，花为何会开，那一口水井，又为何永不会枯竭?

万物轮回生灭，时光无情，记忆却不曾老去。

那一条童年的扁担，卸下来竖在门角落里，变作了光阴里的旧物。那一口童年的井，亦早已经被废弃不用，成为青蛙群游、嬉戏之所。经过了岁月的侵蚀，那井壁上的苍苔，已经很厚很厚了吧，那个曾在井边洗衣服、用木槿叶揉出汁水洗头发的青葱少女，亦已不复昔日丽颜。

青青绿叶桑

那户人家的后院，有一株桑树，枝干蓊郁，如一顶撑开的巨伞。

这么大的桑树，附近几十个村子，恐怕都难得一见，算得上是一株桑树王了。

桑树底下，有一个天蓝色的玻璃窗。

那户人家，姓廖，是我小时候一个男同学家。我早已想不起那个男同学长什么样子了，却仍清楚地记得，冬天穿一件灰色的滑雪衫，拖着长长的鼻涕。

那户人家的事情，是那个男同学告诉我的。有一天放了学，我们去他家做作业。冷不丁的，玻璃窗上映出一张脸，白白的，胖胖的，扭曲着，被挤得变了形。

啊，有鬼。我尖叫起来。

廖同学笑了，打开窗户，像轰一只小野狗一样，把那张胖胖的脸轰走了。

他是谁呀。

傻子奇奇，住我们家隔壁。

原来，与廖同学紧挨的一户人家，生了一个傻儿子，也姓廖，名字叫奇奇。

村子里的傻子几乎都没名字，有的叫阿二，有的叫阿三，有的干脆就叫傻子。这个傻子不仅有名字，并且还有一个很好听的名字呢。我不由得好奇起来。

奇奇的爸爸，是个下乡的知青，大家叫他廖先生。奇奇会认字，还会写字。廖同学有点骄傲地对我说。

廖同学还告诉我，奇奇有一个硬面抄，每天睡觉前，都会写一段话，至于写些什么，谁也不知道。他把日记本偷偷藏在枕头底下。

一个傻子，能写些什么呢，但终究是一个有思想的傻子。

那时候，我也有一个硬面抄，每天写一则日记。写完了，也偷偷藏在枕头底下。我不免有点心虚起来，我和傻子奇奇，竟然有一个相同的爱好。

那么，我会不会也是一个傻子呢。或者，将来，我会不会也变成一个傻子，我不免有点忧虑。

一个人怎么会是傻子呢。我问妈妈。

傻子是天生的呀，由遗传基因决定的。譬如妈妈是傻子，生出的宝宝也有可能是傻子。当然，也有小时候得了脑膜炎，发了高烧，把脑袋给烧坏了的。

啊，真恐怖，我可千万不能得脑膜炎，发高烧啊。后来，每次一发烧，我就嚷嚷着让妈妈带我去医院。医生给我打针，我也忍住不哭。妈妈一个劲夸我，小橘子真勇敢。

妈妈哪里知道，我是怕不打针，万一烧退不下去，脑袋烧坏了，变成傻子那可就惨了。

傻子奇奇，听说就是小时候得了脑膜炎，没有及时治疗，才变成傻子的。

傻子有文傻子和武傻子。文傻子没有攻击性，就像奇奇。武傻子要打人，像一撮毛。老远见到一撮毛来了，我们逃得飞快。可是对于傻子奇奇，我们胆子大得很。朝他扔小石子、菜叶，把一条小青虫放进他的脖领里，请他吃瓦片里的雨水。想出各种招数和恶作剧捉弄他。他一点也不恼，还是笑嘻嘻的。

也许每一个孩子的身体里被都藏着一个魔鬼，只是后来，文明驯服了它。

那时候，我们这群小魔鬼，从来没有想过，欺负傻子奇奇有什么错，相反，我们以此为乐，并且觉得，傻子奇奇应该感到荣幸。毕竟，我们是一群聪明的小孩，我们找他玩，是看得起他。尽管他身上经常粘上些菜叶，额头上不时肿起个小包，可是，他毕竟和我们打了一场战役呀。只不过，他在那场战役里，当了一个倒霉的冲锋兵。

一天，廖同学的胳膊上戴了黑色的臂章。我问他，你家死人啦。

他抡起一根扫帚，追着我：小橘子，看我不揍扁你。

追了一圈，他把扫帚扔到了地上，嘟囔道：奇奇死了。

那个傻子奇奇？

嗯。他有点闷闷不乐，吃了毒药。是廖先生喂他喝的。

为什么要毒死他？虎毒还不食子嘛。

咳，说来话长。廖先生生了病，自己觉得时日无多。可是担心他走了以后，没人照顾奇奇。

奇奇不是有哥哥嫂子吗？

廖先生说，不能让奇奇成为他们的累赘。廖同学意味深长地看了我一眼，最毒妇人心。你们这些女人，将来都不是什么好东西，心眼大大的坏。奇奇的嫂嫂，就是一个坏心眼的人，平日里就对奇奇没好脸色，要是廖先生死了，奇奇还有好日子过吗？

原来，廖先生为了不让奇奇遭罪，这才亲手杀死了自己的儿子。

毒药喝下去不久，奇奇躺在地上打滚，口吐白沫。这时候，他哥哥嫂嫂站在一边不知所措。哥哥说，爸，要不送医院吧，廖先生不吭气儿。

奇奇死了。廖先生去屋里，找出他的日记本，一页页翻过去。

亲爱的爸爸，明天是你的生日。我一定会乖乖地听你的话。你让我干什么，我就干什么。爸爸，祝你生日快乐！一旁还画了一个大大的气球。气球歪歪扭扭的，一点儿也不圆。可在廖先生眼里，这是世上最美丽的气球。

这是奇奇的最后一则日记。廖先生老泪纵横。他这个傻儿子，竟然晓得他的生日。难怪。那天喂他喝药，他还笑嘻嘻的。药那么难喝，他也不吐出来，一口口咽了下去。

奇奇，我的好孩子，廖先生合上日记本，在横梁上垂了一根绳子，上吊死了。

廖先生是含笑去的，他要在另一个世界里，照顾他的奇奇，陪他写字、画画。

奇奇，是一个神派来的孩子。

我的故事讲完了。这是一个真实的故事，就发生在二十多年前，我的故乡。就在那一株桑树王底下的那一户人家里。

这么多年过去了，我以为我早已忘记了故人旧事。可是，当我回到故乡，走到那一片土地上，记忆的潮水纷至沓来，我又记得了一切。我记得镇上的那四座桥；我记得步云桥底下，住了小镇的头牌医生蔡医生；我记得春天的黄昏，学校的操场上，来了一个马戏团，一匹枣红马，闪烁着波光粼粼的眼睛。

我也记得，那一株桑树王。

当年，那株桑树的枝干还没有这么粗壮、茂密。它的树荫，还没有这么蓊郁葱茏。当年，桑树底下还有一扇天蓝色的玻璃窗。

我也记得，映在玻璃窗上的那一张白白胖胖的脸。

只是那张脸，永远不会再突然出现，来惊吓我们了。

我的心忽然有些落寞。

村子里的老妪，仍旧认识我。她们笑着说，你是吕阿弟的孙女，那个教书的女先生哦。

我笑着回答，是。可我，已经一个都认不出她们了。她们像村庄一样飞快地衰老、颓败，可是，她们的乡音，仍那么悦耳动听。

情怀已酿深深紫，未品酸甜尽可知。

而我，只是长久地伫立在那一株绿叶桑底下，徒添怅然与伤感罢了。

绿荫寂寂樱桃下

草拍了几张我的表情包。说起来，很多人说我和草两个人长得像，有点傻傻地分不清。到底是草像我，还是我像草呢，其实也没有很像啦，只是在一起久了，发型、衣服都有点相近，到最后，连神情也有点相似了。

不过，头发留长扎起来就没那么像了，其实本来就没那么像嘛。

破天荒留了长发，这是在二十岁，不，十八岁之后，第一次留长发。

头发长，见识短。大概是见识一直没增长的缘故，于是索性破罐子破摔啦。

一开始留长发，每次去理发店洗头，洗发师都会怂恿：该剪短啦，长得这么长，一点型也没有了。

不剪不剪，就是不剪。

如是者三。理发师就不吭声了。

渐渐地，理发店也不用去了。好像长头发也没有想象中的麻烦，以前出去吃个饭约个会啥的，非去趟理发店不可。现在，只要梳两下，扎个马尾，就悠悠出门了。

原来，长头发很好打理呀。

那天去回乡下，爸说，闺女，怎么觉得最近你变好看了。是吗，偷偷拿出小镜子，仍旧一张大饼脸呀。

我爸迷信长头发。小时候我头上长虱子，奶奶带我去剃了白白头，我爸生气极了，冲奶奶直嚷嚷，说女孩子家的，这下可怎么出门。

奶奶一边抹眼泪，一边连夜给我织了一顶绒线帽。

我爸觉得，女孩子么，就得长发及腰，温柔贤淑。不知这十几年顶着乱草一样蓬发的我，在我爸眼里是一副啥形象。

我爸说我性别女，性格男。

在我爸面前，我一直风风火火的。小时候我爸的账都是我算的。

长大了，挣的第一份工资也交给了我爸。

我是长女，家里但凡有点芝麻绿豆大的事情，我总冲在前面。

我爸叹气说，要是你是个男孩子就好了。

弟弟的性格就柔弱多了。我爸和人吵架，弟弟去拉我爸，我爸气得吹胡子瞪眼睛，没见过你这么窝囊的。我瞪了我爸一眼，爸，你讲点道理好不好。弟弟还不是怕你生气犯病？

我爸容易生气，心脏不太好。

那天我妈说，你爸体检发现肝上长了个小泡，带你爸去检查下。我赶紧开车接我爸上医院。幸好医生看了说只是个囊肿，不碍事，只要定期复查就行。这才松了一口气。

我对我爸说，别生气啊。保持心情愉快。

我爸这个人伤春悲秋的。其实这一点，我像我爸，只是我爸从不晓得。在我爸面前我总是笑嘻嘻，风风火火的。

我爸大字不识一箩筐，小时候每次去开家长会，我爸都雄赳赳气昂昂的，觉得脸上倍儿有光彩。

我是村子里第一个考上中专去外地念书的。

村子里的女孩子大多辍学去工厂上班。我爸买了织布机，开了小作坊。生意顶好的时候一天挣一千块钱。就是那个时候，我爸也没松口让我回家帮忙。

我爸信奉：万般皆下品，唯有读书高。

我读师范，念的是英语专业，委培生，我爸二话没说就给我缴了学费。

那时候，生意已经一落千丈，十几万一台买来的机器，卖掉时只有一万多。三台机器，刚花钱改装了电脑版，我爸赔了不少钱。

学校每个月生活费五百块，我爸一分不少给我。

我爸说，在外面，吃好点，穿好点，别让人瞧不起。

我含着泪点点头。

我一直很骄傲，我有这样一个爸爸。

谈恋爱时，我妈百般阻挠。理由是那个人太穷，房子、车子啥也没有，况且人也长得丑。

我爸说，人穷一点丑一点有什么要紧，只要志不短，人品好，对咱闺女好。

我爸同意了，我妈也不好再反驳了。总之，那个蠢头女婿说，这事得感谢爸。

这个谢字，他没有当面跟我爸说，但做到了。但凡我爸有什么吩咐，他总是尽心尽力去做。他甚至还会批评我总是不回去看爸，说爸一个人在乡下多寂寞。

我爸果然没有看错人。

一晃，我都快要四十岁了。爸怎么不老？那天在医院，看到一群体检的老头老太太，心里没来由一阵惶恐。

村庄里剩下的都是一些老人了，医院也这样萧索、颓败，弥漫着一股说不出的荒凉和忧伤。

我爸把体检表递给医生，态度恭恭敬敬。

医生问："你平时锻炼身体吗？"我爸摇头。

抽不抽烟？

抽呀，一天半包。

老酒呢？

不喝了，有痛风。

噢，痛风不能喝老酒哦。医生接过表格，还剩一项血没出来，好了打你电话。

我爸点点头。

出了医院，我爸嗫嚅道：我不坐你车回去了。

怎么啦？

我还得去茶馆。

我晓得，我爸要去打会儿牌。我爸急匆匆地走到街上，拐进菜市场门口消失不见了。

我爸经常在茶馆店打个小牌，输赢几十块。

小时候，我爸打牌我妈总要跟他吵架，现在，由着他打一会。我爸不识字，电视也看不了。除了种几畦菜地，养几只鸭子，没啥娱乐。

有一阵，我爸催促我在城里给他找一份工作。当个保安也好。

我不答应 。我说，爸，还是待在家里享享清福吧。

我爸瞒着我偷偷去了一家工厂当保安，干了两天就吃不消了。腿疾发作得很厉害，小腿肿得有大腿粗。我爸唉声叹气，这辈子难道就吃白饭了吗？

我爸对孙子说，涛涛，你爸你妈会不会嫌弃我？

小孙子说，看他们敢！爷爷，长大了我养你，接你去城里住大房子。

我爸就笑，爷爷不去哦，你有这一份孝心爷爷就心满意足啦。

涛涛是个好孩子。

我爸每次腿疾发作，涛涛都会拿热毛巾给爷爷敷。有好吃的也不忘拿给爷爷。

有一次我爸让涛涛看他的存折，有多少钱。

涛涛帮忙看了，对爷爷说，别告诉我爸你有钱。

我爸哈哈大笑，爷爷的钱不是你爸爸的钱吗？

涛涛说，爷爷的钱爷爷自己留着用。

那天回乡下，我爸摘了一篮樱桃给我。

我爸说，这果子甜，鸟喜欢啄来吃。我爸拿了网把果树罩起来，才没让小鸟啄掉。

洗了一碟樱桃，盛在白瓷盘子里，红彤彤的。

不知怎么，想到一句话，绿荫寂寂樱桃下。

人到中年，有时候没来由有些伤感。这伤感不为别的，为了渐渐老去的山河岁月，挚爱的故园亲人。

那一碟樱桃里，有着草木的情意，世上的恩慈。

太阳花

十块钱买了一盆太阳花。

在摩尔一家花店门口，摆了一只木架子，木架子上挤满了一盆盆太阳花。

老板娘说，刚刚从苗圃里运来，明天就会开花呢。

好大一盆太阳花。几十个花苞鼓鼓的，只要十块钱，我在这里替老板娘吆喝一下。

这是一盆来自童年的花。

小时候，英子家造了假三层（第三层楼是个大平台），平台上，摆满了瓶瓶罐罐，里面种着各种各样的花，凤仙、月季、仙人掌、夜来香，姹紫嫣红一片。

我又艳羡又嫉妒，每天放学都要跑到英子家去。夏天，开得顶热烈的就是太阳花啦，大红、玫红、鹅黄，仿佛一群穿了花裙子、叽叽喳喳的小女孩。

我家只有两层楼，朝东的一堵墙上，开了一个菱形的窗，窗台上只能放一盆花。我妈居然在窗台上摆了一只破脸盆。破脸盆里，种的是葱。真是煞风景啊。

我妈还得意扬扬地说，瞧，这样摘葱多方便，就是下雨天也不怕。

我妈做什么菜，都要放上一把葱，烧个豆腐，煎条鱼。我妈说，多吃葱会变聪明。照我妈的说法，多吃花菜还会花心呢。

我讨厌那盆葱。有一天，趁我妈没看见偷偷把葱盆打翻了，掉到了楼底下的水沟里。我妈嚷嚷，我的葱呢，我的葱呢，我不吱声，假装没听见。

过了很久，我妈才在水沟里找到了她的破脸盆。可是这时候，我已经捡回来了一只石臼当花盆，摆在了窗台上。

我种了一盆太阳花。花籽是英子送我的，包在作业簿撕下来的纸包里，我小心翼翼地拆开纸包，把花籽撒在泥土里。

过了不久，太阳花就冒出了芽，嫩嫩的，绿绿的，令人忍不住惊叹，世上一切初生的东西，是如此可爱。

这些小花苗，吃了几场露水，就飞快地蹿起个子，长出碧叶。又过了不多久，从粉红色的根茎上，长出一个小花苞，这个小花苞，像一个生气的小女孩，嘟着小嘴巴。

这不，你冲她讲个笑话，她就扑哧一下笑啦。一天清晨，太阳花开了，玫红色的花瓣上，有一个宇宙。

一朵太阳花开了，接着，两朵、三朵……一个夏天，只见她们此起彼伏地绽放，永不厌倦，永不疲惫。这大约就是太阳花的品格。

我曾盯着一朵太阳花，想要看清楚，一朵花究竟是如何开放的，可是当我盯着那朵花的时候，她未免有点扭扭捏捏的。就在我一个愣神的时候，她像一顶雨伞一样飞快地打开了花瓣。

一朵花又是如何凋谢的呢。

仿佛只是一个眨眼，那一朵怒放的太阳花，已经轻轻合拢了花瓣。

今年开的那一茬，从去年的旧枝叶上长出来。

今日开的那一朵，早已不是昨日的那一朵。

炎夏，太阳花一点也不畏惧太阳光。太阳越大，花开得越炽烈。简直像一片云霞飞落到我家阳台上。

我妈走过，也会俯下身，瞅一眼太阳花，赞叹一下，再不提她的破葱盆了。

我把太阳花的花瓣揉碎了，染了红指甲。我的十个手指甲红艳艳的，像染了丹蔻。

秋风起，我坐在廊檐底下，心中微微有些怅然。

我喜欢的那个男孩子，转学去了城里。临走时，我送了他一盆太阳花。小小的，种在一只可乐瓶子里，那只可乐瓶，我花了半天工夫，剪成了一只漂亮的花瓶。

我希望，那个男孩子可以带着那一盆太阳花去城里，当他看到那盆太阳花的时候，会想起我。

记得有一次，我不小心打翻了墨水瓶，染黑了他的白衬衣，当我惊慌失措的时候，他冲我微笑，露出一口贝壳般的白牙齿。

从此，我对他暗生了情愫。

那一年，我念初中一年级。一个穿红格子衬衫，黑布鞋的乡下小姑娘。

我发誓长大以后一定要去城里，于是发奋念书，我的成绩永远保持年级前三。

终于有一天，我来到了城里，可是茫茫人海，再也没有遇见过他。

也许遇见了，他也已经变成了我所不认识的一个人。

他早已忘记当年那个送他太阳花的女孩了吧。

而我也差点忘记了他，如果不是今天路过那家花店，买下了一盆太阳花。我便不会记得，那个穿白衬衣的少年。

人生多么匆遽，当年的那个女孩子，已近不惑，心中却仍未曾熄灭火焰和花朵。

呵，我的太阳我的花。

去外婆家的夏天

去外婆家要经过两条大河，十几座桥，外加一只渡船。记忆里总是夏天，蝉趴在柳树上叫着“知——热死了——知——热死了——”疲惫的双腿越发觉得疲惫起来，妈妈指着前面不远处喊：“喏，桥头有一家杂货店，小橘子，小明子，快点走，到那里给你们买汽水喝。”一听说有汽水喝，弟弟和我铆足了劲朝前迈开大步。

穿过一座大桥，果真看到了桥头的一家杂货店，灰色的塑料顶棚，红砖砌的墙，开了一个正方形的窗子，窗台上摆着汽水瓶，兼给过路行人提供免费凉茶，一个瘦个子的男人坐在竹椅子上昏昏然打着瞌睡。

大暑时节，路人中暑事件频发，于是几乎每个村子里都摆了一个凉茶摊，这是乡下人的善举。

“老板，来两瓶汽水。”妈妈朝那个慈眉善目的店主招呼道，自己舀了一碗凉茶。那汽水瓶当即要回收，于是我和弟弟蹲在树荫底下，咕咚咕咚一口气喝了下去。

“这么热的天，大姐你带着俩娃去哪搭？”老板与妈妈闲聊起来。

“李家埭村。”

“哦，那还远着呢。日头这么毒，要不再喝杯凉茶，歇息一下再走吧？”

“不碍事，戴着草帽哪。”妈妈告别了小店老板，继续拖着两条小尾巴往前赶路。总觉得已经走得昏天黑地了，却才只赶到渡口。

那个摆渡的老爷爷，把船泊在荒滩上，草帽覆在脸上，躺在荒滩上的瓜地里。也许一天也等不到一个客人，可是并不因此而放弃了那艘渡船。

“阿叔，烦请你摆个渡。”听到有人喊摆渡，老爷爷笑呵呵地站起来。从瓜地里摸了两个瓜递给我们，竹篙轻轻一点，船就飞快地离了岸。我总疑心渡船是梦，那个白胡子的老爷爷，是天上的神仙。

摆了渡，跳上岸再穿过一片竹林，就到外婆家了。老远听到外公的大嗓门：“小橘子——小明子——”

“嘿，外公——”我和弟弟欣喜地大喊。外公给我俩扎了竹蜻蜓，还有后院的两只秋千，就等着我们飞上九霄云天去。愉快的时光总是过得飞快，太阳快下山的时候，妈妈又在催我们回家了。照例是摆了渡，在桥头的杂货店歇了一次脚，再走过七八十来座石桥。天上忽然乌云密布，要下雷阵雨了。

“去荷塘边的那户人家躲一躲。”妈妈一边喊一边拉着我们飞跑，雨吧嗒吧嗒落到荷叶上，似一颗颗滚动的玻璃珠。

那户人家的女主人，端了一盘莲子，两节新藕，送给我们吃。她的脸圆圆的，慈眉善目，有观音相。夏天的雨，来得快，去得也快，一道彩虹出现在天边。

“嘘，别出声。”我朝弟弟竖起手指，弟弟心领神会。

我们悄悄地仰起头，看着那道彩虹由深变浅，消失在天际。

犹如所有繁华与富丽，有一天终将在生命中远逝，唯独那个去外婆家的夏天，在记忆中永不会落幕。

秋天的树

那天坐车路过320国道，有人指着窗外一排树对我说："瞧，那是白杨树。""那不是黄土高坡上的树吗。"那个人说："是啊，就是大西北的树。长得快，无甚用处。唯一的好处就是可以挡风。"

这世上的树，大约没有一种是无用的吧。香椿总是臭烘烘的，可是摘了嫩芽炒鸡蛋吃，却很香。玉兰树呢，先开花，再长叶子，一群白鸽子似的，扑腾着翅膀的花，令人忍不住想抓一只下来。有一年，在云轴庵看到一株开花的树，香香的，宛如一个梦境。

秋天的栗子树，长在悬崖边。用竹竿去打，刺猬似的板栗，一个个"扑通扑通"掉下来，谁说不是一群淘气可爱的小孩呢。

秋天的银杏树，穿的衣裳美轮美奂，金光灿灿的，简直要亮瞎人的眼睛呢。嘉兴三塔那边的银杏尤其好看，一边是血印禅寺，一边是京杭运河，银杏树的落叶呢，一些掉到了寺庙的屋顶上，另一些落在运河上。剩下的一些呢，掉在马路上，铺了厚厚的一层，踩上去嘎吱嘎吱响。犹如走在雪地里。

暮秋时节，那些掉光了叶子的树也很好看。有一阵，我下班经常步行回家，走过一座大桥，那座桥可真长啊，除了飞驰的车子，一个行人也没有。幸好桥底下尚且有几株树，令人不至于觉得这个世界太过荒芜。

风吹过，我伸出手去，想接住从树上掉下来的最后一片叶子。我想那个画面一定美极了。

最爱的树，其实还是桂花树。小时候，我家小院子里栽了一株。开花的时候，我们伸着脖子，使劲去亲那株树，口水吧嗒吧嗒往下淌，那个香，蜜一样的甜。啊，一想起那个香味，就想起了奶奶，还有奶奶做的桂花酒酿、桂花糕。

吃过桂花酒酿吗。撒上一小把桂花、冰糖，用一只青花瓷碗盛起来，邀两三个知己，喝一盏茶，细诉当年，不问人间沧海桑田。

山寺的桂花是极好的。那日经过悬空寺，远望山上有一株桂花树，没有上去看一看，不看，香气却仍是溢满了心头。

有一年秋天，和草一起去杭州，走在马路上，走了一半忽然就走不动了。好香啊，我俩使劲吸着鼻子，那香气清幽、淡雅，令一颗心忽然澄澈透明，安然喜悦起来。

满城尽是桂花香呢。

在桂花布下的迷魂阵里，耳畔犹自响起一阵低低的歌声：

人随风过
自在花开花又落
不管世间沧桑如何
一城风絮
满腹相思都寂寞
只有桂花香暗飘过

那个人怎么就晓得，所有相思都寂寞呢。欢浓之时愁亦重，那个从桂花树下走过的女子，她心中亦怀着怎样的忧愁呢。不说，不说。

病中小记

我不知道感冒会如此来势汹汹，起先流了几天的清水鼻涕，从早到晚，鼻子好像坏掉了的自来水龙头，怎么也关不住，纸篓里堆满了纸巾。过了两天，清水鼻涕变成了浓鼻涕，痰堵在嗓子里，一直咳一直咳，弓着腰，屈着背，恨不得把胸腔、肺都咳出来。

走路仿佛踩着棉花——春光明媚，草木欣欣向荣，我却听见身体里有一朵花萎谢的声音。随着咳嗽的加剧，那一朵花渐渐失去了颜色，变得颓废、黯淡。

我只好去看医生，门诊部二楼呼吸内科，一间朝南的小房间里，一个男医生，姓吴，吴剑锋，浓眉，大眼，笑起来很温和，这温和令我稍稍安心了些。

"哪里不舒服？"他询问道。

我捧着胸，皱着眉，剧烈地咳嗽起来。

"咳嗽多久了？"

"差不多两个礼拜啦。"

"唔。"吴医生拿起听诊器，放在我胸部，确切地说是肺部，听了一会儿，拿起一根木棒，看了一下我的舌头和喉咙，说肺部暂且没问题。在病历卡上唰唰写了处方：蒲地蓝两盒，感冒清一盒，蜜炼川贝枇杷露一瓶。

吃了一个礼拜的药，感冒并没有好转，反而加剧了。我咳嗽的时候，两眼发直，像一条垂死的鱼——鼻子塞得死死的，嘴巴张得大大的，呼哧呼哧地喘气，我觉得下一秒马上要断气了。

更让人难以启齿的是，我发现身体某个地方竟然长出了一个疙瘩，这可把我给吓坏了。这一次，我去了另一个科室，找一个主任。姓陈，陈爱国。

陈医生检查了一下，对我说，必须立马住院动手术。

什么鬼，为什么会长出个疙瘩来啊？

大约你最近感冒，体质差的缘故，导致细菌侵入。

我想，要手术之类的，还是小心为妙，再去另一家医院看看吧。去了中医院，也是一个陈医生。那个医生一直在打热线，看见我，嘘了一声，我等了他十分钟，他才挂掉电话。

检查了一番，也说必须手术，他游说我在他们医院动手术。我却觉得这陈医生不太靠谱，还是回之前那家医院找那个陈医生。

陈医生看见我笑嘻嘻的。

我说，手术是局麻吗？

不行，腰麻，不然受不了。

局麻吧，我受得了。

陈医生看了我一眼，你这么娇气，万一局麻不行怎么办？

我打包票，我行。

好吧，那就局麻。先去办住院手续吧。

我去住院部缴费、跟着小护士进病房。一个五个人的大房间。门口一个小床。手上套了一个手环，写着我的姓名、性别、年龄、病历号和入院日期。小护士叮嘱道：这个环不能掉。我瞅了一眼这个环，现在，它代表我的身份。

我躺在病床上，除了一个包包（里面有一个钱包、化妆包、一本东野圭吾的小说)，什么也没带。既来之，则安之。我一边安慰自己，一边悄悄打量病房里的病友。隔壁床是一个大姐，五十岁，大概生了很严重的病。胳膊上挂着吊针。她躺在床上叹着气说，我已经是个废人啦，五斤以上的东西都拎不动啦。

米黄色的窗帘底下，散发着一股浓浓的来苏水的味道，让人沉浸在一股伤感的气氛中。医院可不就是一个令人伤感的地方吗？来这里的人，大多被疾病折磨，甚至有性命之虞。

靠窗的一个婆婆，一只眼睛上缠了纱布，刚刚做了晶体植入。她在屋子里走来走去，笑呵呵的。她说，刚测了视力，有0.8啦，本来只有0.1，现在都能看到人的脸啦。这个婆婆为眼中清晰的世界雀跃不已。

她隔壁一床的另一个婆婆，一直嚷嚷着要出院。医生过来，拿着她的化验单说，各项指标比原来更严重了，一定要出院，只能是自动出院，医生不给出院单，并且药也不能配。下午的时候，那个床还是空掉了，那个婆婆最终还是悄悄地出了院。

我对面那床，是个与我年纪相仿的女人，保胎，二胎，第一个女儿已经八岁。每天打两针黄体酮，据说是油脂，要推进去。她躺在床上一动也不动，陪她的是一个女孩子，她的侄女。

观察到此结束，我想必也成了别人观察的对象。那个女人忽然对我说，你屁股上长了个疙瘩啊。

我含含糊糊地说，是吧。

真是说出来令人很不好意思的一个病。

护士来抽血、打试验针。又去测了心电图。

陈医生过来说，家属签字。可是这个家属，到现在为止，我还没告诉他呢。我说，不可以自己签吗？陈医生说，那不行，家属不签字这手术没法做。

我只好打电话，让家属过来。家属一听，飞奔到医院。简直一头雾水，早上还好好的，怎么要手术啊？

只是一个小手术。我说，快签字吧。

我换上手术服，进了手术室。妈呀，一进去，护士就给我扎留置针。我说，可不可以不要扎这个针，看着怪害怕的，不是局麻吗？

医生笑了，看起来你还挺乐观的，不过，手术室有规定，必须扎留置针，万一手术过程发生危险，可以抢救你。

妈呀，太离谱了吧，还会发生危险？

任何手术都有风险，十万分之一的风险也是风险。

我觉得自己上了贼船了。

好吧，留置针一扎，我就头晕目眩起来。医生，我晕针的啊。我想吐。

医生说，没事，趴床上吧。

护士拿了手机给我放歌曲，说是缓解紧张。我说，护士，你还是陪我聊天吧。

趴在手术台上。医生消毒，打麻药。

这时恐惧战胜了疼痛，我倒是不觉得疼。

医生说，你还真是不怕疼。

我苦笑着说，那是。

麻药一打，也不知医生鼓捣了些什么。总之，过了半小时，医生说，好了，推出去吧。

我本来还想自己走出去的。医生看了我一眼说，还没有人是自己从手术室里走出去的呢。你是超人啊？

我说，我想当超人来着。

结果，还是被护士推回了病房。

结结实实地当了一回病人。医生告知要挂三天水。

米黄色的窗帘，拉起来变成一个小房间。今夜就暂且蜗居在这小房间里。家属回去了，跟他说没啥事，用不着陪。不知怎么近来不娇气了，换成以前，恨不得天天黏着他。现在却想一个人待着，安安静静的。还是因为年纪大了，一颗心变得粗粝起来了。

小草打电话得知我住院了，急匆匆赶来看我。我并不喜欢有人探视。生病的人，愁容惨淡，有啥好看的。好朋友另当别论，再丑的样子，也是不必避讳的。小草来时，医生恰好来换药，也不避讳她，就这样“坦诚”相见。她买了一大袋火龙果、山竹，剥山竹给我吃，这时竟有点想落泪呢，这一颗脆弱的心哪，终究仍旧是脆弱的。

唯恐打扰到别人，不过小声说了几句话。小草说，明天换个单人间吧，这么多人，晚上怎么睡？我点点头。

小草走了以后，房间的灯熄灭了，才八点钟光景。辗转反侧怎么也睡不着，隔壁床的大姐也一直在翻来覆去，窗口的婆婆打呼噜的声音，保胎的女人上厕所的声音，耳朵里始终灌满了各种各样的声音，想着完了完了，要失眠了。

凌晨两点，迷迷糊糊睡了一会儿，醒来才四点。睁着眼睛到天亮，想着无论如何，明天一定要换一个单间。

一早护士过来，跟她说我要单间。护士说，有了就通知你。

真的不是我娇气啊，这么多人，真的失眠了啊。昏昏沉沉，出虚汗，嘴巴干渴、焦躁，这样下去，恐怕对病情没一点好处。

我的身体，需要安安静静地休息。

第二天下午，总算有了单间，一张小床、两个小沙发的小房间。一进去，心立马安静了下来。两扇落地玻璃窗，窗外的一只灰背、白肚脐的喜鹊飞过，一扫这几天心中的阴霾。

想着今天终于可以好好睡一觉了。

晚上女儿过来看我，她说，妈妈，觉得你不像在生病，像在度假。

女儿打开电视，看《王牌对王牌》，一边看一边哈哈大笑。快九点，催她回家，她说，要不今天我就住这里陪你吧。我说算了吧，我还想一个人清静来着。

说起来一个人住院还是第一次。并不是什么打紧的病，一个人完全可以自理，于是便不想麻烦别人。最亲的人也是，大概实在没办法自理的时候，才会依赖、仰仗于别人吧。

走廊上响起护士的脚步，迷迷糊糊，有护士进来。我想，大约是看看病人是不是在呼吸，唯恐病人在睡梦中死去。

护士在我床头伫立了一会儿，听到我均匀地呼吸，掩上门出去。

一共听见了两次护士的脚步声。

醒来看手机，已经是凌晨四点。凌晨四点醒来，发现海棠花未眠。（川端康城的《花未眠》）

只是这病房里没有海棠花，只有漫无边际的黑夜。

迷迷糊糊又睡过去，醒来已经八点。这一觉，似乎把前一晚上的失眠补了回来，疲倦和劳累消除了不少。医生说，感冒生病都是体质太差的缘故，接下来要好好锻炼，规律作息。

想着之前有一段时间，睡得实在太晚了，人一直处于疲惫状态，难怪一个感冒，半个月都好不了，细菌乘虚而入，一路挥戈往前，身体像一座沦陷的城池。

一直没有时间好好休息。总不能因为感冒请假休息吧。这一次，既然动了手术，好歹要休息上几天。

陈医生说，休息一个星期吧。好好养养身体，瞧你满脸菜色。

还有，别多想。估计你平日是个思虑多的人。

我思虑多吗，或许吧。最近总觉得心烦意乱，被一些琐事缠身，一颗心甚是委顿、忧戚。大约是情绪带来了一场身体的暴风雨，或者是身体上的疾病带来了坏情绪。

按照中医的说法，百病皆因一股气郁积、堵塞而引起，不生气就不生病。

以后我再也不生气了。

无论何时，都要好好爱惜自己，温柔地对待自己。

陈医生说，你年纪轻轻，有什么可焦虑的呢。

是啊，没什么可焦虑的。日子不过是一天天安静地过下去便是了。

既是在职场，当然不可能随心所欲。那么，工作之外的时间，尽可能让自己按照自己最喜欢的方式过下去就是了。

一定要让自己活得健健康康、开开心心呢。

出院以后，请了一个礼拜的假。

每日坐在窗前，看斜风细雨，白玉兰的花瓣落了一地。

河畔的柔柳，映在翡翠色的小河里。

便是一日过去了。便是一生……过去了。一生是如此迅疾呢。

那么，我又何苦忧戚、思虑些什么，惘然、惆怅些什么，委顿、困惑些什么，纠结、执着些什么呢。

不如让这颗心，在浩荡的春风里，一点一点舒展开来。像草木一样恣意与欢喜。像草木一样满含了柔情与蜜意。

蝼蚁一样的人生，且让我们好好活着、爱着。

夏 天

小区旁开了一家超市，名字叫八闽。那个老板，福建人，五十来岁，脸黑黝黝的，开一辆电动三轮车送货。女儿和女婿，进货、拉朋友圈。扫一个微信送一盒纸巾，小区里的住户总共拉了一百多个。

超市里经常有饺子卖，由老板的妻子亲手包。馅料有笋尖鲜肉、芹菜鲜肉、虾仁。虾仁用活虾一只一只剥出来。包好的饺子论斤称，鲜肉馅十五块，虾仁馅二十块。买两斤回去放在冰箱冷冻格里，想吃的时候就蒸几个。

自从这家超市一开，遂觉得生活瞬间美好了起来。

那天，照例打了电话，让老板送了大米、花生油、矿泉水、酸奶、小白菜，还有五花肉。

货物送到，犹豫着问老板，可不可以帮忙送个小沙发去我妈家？没想到老板立刻答应了。

进屋搬了沙发，扛进电梯，下楼。老板开了三轮车“突突突”去我妈家了。

我妈说，那个送货的人真热情，把沙发搬进房间。这么热的天，满头大汗的。

后来，去超市买东西，给老板送货的钱，老板执意不收。

虽说是生意人，这一家人格外朴实、勤劳。店中物品摆放整齐，物美价廉。小小的超市，犹如一个小型淘宝店。况且米、油，大宗的物品，都由老板亲自送货，十分便利、周到。

有时，老板的妻子也坐在三轮车上。两个人走东家、串西家，令人觉得人世格外有一种亲。

与八闽超市相隔不远，最近又新开了一家水果店。

店小小的，不过七八平米。进门是一排货架，码着桃子、苹果、香蕉、梨、西瓜。靠墙有一只冷柜，摆着澳柑、车厘子、柠檬、榴梿等进口水果。再往里，搭了一个小床。

水果店的女人，是个二孩的妈。刚生了一个大胖儿子，七八个月大的样子。这个胖娃娃，趴在一条竹席上，围了一条大红肚兜。翘着头，咧着嘴冲人笑哩。

女人还有个大儿子，十来岁，放暑假在店里帮妈妈看店。我去买水果，男孩子拿出计算器，扫微信收钱，煞有介事，像模像样。

女人的头发几乎全白了，看上去十分憔悴、苍老。成天进货、管孩子，忙得像只陀螺。

可是对于生活的操劳、辛苦，女人并无一丝抱怨。

相反，眉目之间自有一种欢喜祥和。

那天，我看见女人一手抱着孩子，一手弯下腰去抱一只西瓜。那个胖胖的身躯，似乎蕴藏了无穷的能量。

我想起遥远的夏日，母亲在乡下的瓜地里摘西瓜的情景。

这世上的母亲，背影何其相似啊。

夏日的傍晚，天空碧蓝如洗，浮云温柔、缱绻。我拎着半只切开的西瓜，走在回家的路上，只觉岁月静好，人世安稳。

双色素饺

今天做了一盘双色素饺。

什么是双色素饺呢。一色是香干、胡萝卜丝馅的，另一色是南瓜丝馅的。

馅是自己做的，香干切丝，胡萝卜用刨子刨成丝。我有一只刨子，刨丝可好啦。刨土豆、番薯、黄瓜、冬瓜、苦瓜，凡是块茎状的东西，它都能刨。

甚至还能刨肉，有一次，把我的手指刨掉了一层皮。尽管它刨了我的肉，我也没有怪罪它，扔掉它。

饺子皮是从常秀菜场门口那家小店里买的。那家小店的饺子皮又软又薄。秘籍是什么呢。老板娘说，加了鸡蛋。

老板娘的擀面技术好，皮是手工擀的。仅凭一根小木棍，就擀出了薄如蝉翼的饺子皮。

我的眼睛瞪得有一面铜镜大，啊啊，这是什么旷世神功？

不过只是用心罢了。老板娘有点不好意思起来。

我喜欢夸赞人。凡觉得某人有超强本领的，我都要夸赞一番。

原因是，我实在技不如人。就说做饭这件事吧，我做的饭是天底下最难吃的饭。这话是我女儿说的。

既然如此，我也就懒得进厨房了。

吃饭的大事，就交给她爹吧。只是，天要下雨她爹要出差，这事有时还得落到我身上。

这不，她爹又出差去了。临出门，倒是很贴心地问我，要不给你娘俩备点食物？

不用不用，你快走吧。把他爹和行李一起推出了门外。

这点小事还能难倒我，实在不行嘛，可以叫外卖，有外卖真是太好了，哈哈哈。

只是，吃了两天外卖，女儿就抗议了，女儿说，你就不能做点好吃的？

为什么？

因为你是我妈呀。

是你妈就一定要给你做好吃的吗？

那当然。

那你就不能给我做点好吃的？

为什么？

因为你是我女儿啊，女儿不是要孝敬老妈吗？

女儿欲哭无泪。

这时，门铃响了，是六楼的小子。小子说，丫头，我妈煮了老鸭汤，来我家喝老鸭汤吧。女儿冲我做个鬼脸，屁颠屁颠去了。

留下我一个孤家寡人。哎，吃点啥好呢。

说起来，吃真是个大问题，从远古到未来。人类只要活着一天，就要吃一天食物。听说有食光者，食气者，要是吃点光，吃点空气就能活，那该多好啊。

好好吃饭，小时候祖母谆谆告诫我们。一粒饭掉到桌子上，也要让我们捡起来吃掉。

和堂兄弟们围着一张桌子吃饭，简直风卷残云，一会儿工夫就把饭菜吃光了。

长大了，忽然对吃这件事潦草起来。

起因是，我太胖了。十六岁的我，竟然有一百二十斤，腰是水桶腰，腿是大象腿。我妈摇摇头，再胖下去，以后就嫁不出去了。

跑步、跳绳、转呼啦圈。甚至，每天一大早还去学校的司令台上跳台阶了。可是，一点瘦的迹象也没有，倒是两条腿越发粗壮了。

一天，体育老师遇见我，看了我一眼说：像你这样只训练下肢会造成局部肌肉粗壮，身材不匀称。

呜呜，那咋办，唯一的一条路只好不吃饭了。

每天早上蒸饭的时候，我只在饭盒里撒一层米，倒满水。中午去拿饭盒，揭开来是一盒粥。

就着一盒粥，吃两根青菜。下午上课，饿得头昏眼花。

纵然如此，也丝毫没瘦下来。

有人说喝醋可以减肥。于是，我买了几大瓶醋，每天喝三顿，像吃药似的。

醋真难喝啊。一口醋下去，那个酸味，一辈子都忘不了。

说起来奇怪，纵然不吃饭只喝醋，我还是没变瘦。

我的瘦是从一场失败的恋爱开始的。

一寸相思一寸灰。果然，我的苹果脸，一天天瘦成瓜子脸。见到我的人都惊讶，你怎么这么瘦了啊？

我妈笑了，闺女你变好看啦。

我爸皱着眉，丫头你在吃减肥药？

没有啊。

其实胖一点没关系，又不丑，千万别吃减肥药，知道不？

知道了，爸。

有一天，我忽然瘦成了一道闪电。一尺八寸的小蛮腰，走起路来生出杨柳风。

那个不喜欢我的人，忽然跑来找我，问我可不可以当他女朋友。

我摇摇头说，不。

为什么？他疑惑道。

因为，你喜欢的不是我的内心，只是这具皮囊。

说完，我就掉头走了。泪水簌簌地掉下来。

我希望有一天，那个喜欢我的人，喜欢的是我闪闪发光的这颗心。

那么，我有闪闪发光的内心吗。

哎哟喂。女孩子一旦变漂亮了就矫情起来，我当然也不例外。

后来，来了一个追求者。送玫瑰花巧克力，下厨房煮螃蟹，想方设法哄我欢心。大冷的天，守在雪地里送我一个暖烘烘的拥抱。

于是委身下嫁，成了他的妻。此君倒是实在人，婚后仍天天下厨，十年如一日。

渐渐地被养胖了，长出了双下巴。有点惶恐起来，唯恐被他嫌弃。

于是开了菜单：西兰花芥蓝芹菜包心菜南瓜韭菜洋葱土豆茄子紫甘蓝……

此君讶异起来，你不是最喜欢吃红烧肉吗？

这个嘛，医生说我胆固醇有点高。

好吧，一日三餐，每顿吃起素来。吃了没多久，有女儿了，吃素之事只好作罢。

一直到现在，吃此君做的饭菜，胖得我简直没天理了。

都怪你。有一天忍不住指着他的鼻子说。

此君嘿嘿一笑，谢谢你成就了我的养猪大业。

一个枕头扔过去。不，把自己扔过去。此君只好哀哀讨饶。

闲话少说，还是继续来说我的双色素饺。

馅剁好了，端一只小碗，放了半碗清水，包起饺子来。噫，一个个胖嘟嘟的饺子，蹲在案板上，胖娃娃一般。

我的厨房里还有一个秘密武器，是一个特福的蒸锅。插上电源，十秒钟就会冒出热气，蒸红枣、玉米、红薯、土豆、粽子、饺子。

蒸饺子要在盘子底涂一层油。

蒸了十五分钟。揭开锅，一盘饺子，白的白，黑的黑，是谓双色素饺。

晒到微信里，有人问：黑色的是什么馅的呀？

咖啡馅的。信口胡诌了一番。

那个颜色，看起来真的像咖啡。一杯意式浓缩。嘿嘿。

其实是南瓜馅啦，蒸熟了完全融化掉了的缘故。加上相机的特效和光线，拍出来就成了咖啡色了。

总之一口气就把这盘双色素饺吃掉了。尤其赞的是南瓜馅的，皮里裹了一汪水，简直好吃爆了。不由得长叹一声：我做的饺子，是天底下最好吃的饺子。

只是女儿不买我的账，喝了老鸭汤回来，鄙夷道：妈，你晚饭就吃饺子呀？

是啊。要不要尝几个，冰箱里还有。

免了免了，我已经吃饱了。女儿打了个饱嗝，俊杰妈妈煮的老鸭汤真好喝啊。

女儿就知道戳我痛处。说来惭愧，有一次煲汤，我把一只鸡放进锅子里，两个爪子放不进去，又不敢剁下来，只好露在锅盖外面。等把那一只鸡煮熟了捞出来盛在盘子里，两个鸡爪还是脆生生的。

像我这样的老妈，大约也是前无古人后无来者了吧。

小青菜

那天和父亲去地里摘小青菜，父亲专门掐嫩头，一边掐一边说，这种小青菜，掐掉了隔一天就会长出来。春天真是万物生长的时节，到处是流淌的绿意，树林，草地，田野，菜园，一片绿蓬蓬的。

路旁栽着的油菜，尚未开出花朵，掐掉它的嫩茎就是小青菜。若是开了花也无妨，把花掐下来，拌点糖，就是一道冷菜。春天的餐桌上，小青菜躺在白色的瓷盘里，像我这样喜欢吃肉的人，也生出了想要食素的心。

有一天下班回来看到邻居摘了一筐小青菜。邻居是个六十来岁的老太太，在河滩上开辟了一小块地，不过两三平方，撒了菜籽，竟长出了许多小青菜。那小青菜吃不完，老太太就摘下来腌苔心菜。“老掉了也可惜呀。”老太太一边说一边把小青菜倒在楼前的空地上，白花花的太阳底下，她忙着晒她的小青菜。

我忽然想起小时候的春天，母亲在廊檐下腌苔心菜。母亲光着脚，踩在一口大水缸里。我在廊檐下，绑了两只凳子，一个人跳皮筋。那时候，天蓝得好像一匹刚刚染过的布，时光仿佛永远无穷无尽。

母亲腌的苔心菜，可以一直吃到冬天，接上新腌的辣萝卜。有时候母亲下地干活，回来得晚了，发现家里一个菜也没有，况且天已经黑了，四脚蛇爬出来了，母亲不敢去菜地里拔菜，就去廊檐下的水缸里捞一把苔心菜，放点油，撒点糖，放在蒸架上蒸一蒸。一家人围在一起只吃一个菜，可是谁也没有抱怨。有时候嫌麻烦，干脆直接洗一洗，切成末，撒点红辣椒，照样很下饭。

嘴巴寡淡，实在没东西吃的时候，我也偷偷去水缸里捞一把苔心菜，用清水洗一洗，嚼着当零食吃，因为腌的时间久了，盐分全都跑进了菜梗里，那菜梗咬起来脆生生的，咸得嗓子都快冒烟了，眼泪骨碌碌直冒出来。我埋怨母亲把盐放多了，却不晓得乡下人农活多，所以吃东西要吃得咸一点，这样干活才会有力气。

春天的黄昏，去逛菜场也是一件很有意思的事情。有时会遇见一些附近乡下过来卖菜的老奶奶，背着刚刚从地里摘下的水灵灵、绿油油的小青菜，我怔怔地伫立在老奶奶的菜摊前，闻到了久违的故乡的味道。

这时候的乡下，已经是油菜花的天下了吧，春天淹没在甜丝丝的香气中。客居城市的我，再也看不到大片的油菜花，只好每顿饭炒一把小青菜，吃得净光光，盘子朝天，似乎只有这样，才可以更真实地触摸到春天。

夜雨剪春韭

一到春天，万物呈欣欣然蔓延之势，早春时埋在草木灰里的韭菜，也娉娉婷婷于菜园子里。不由得想起杜甫的一句诗——夜雨剪春韭。对那个冒着夜雨去剪韭菜的处士印象颇深。古人食物匮乏，四时之鲜蔬，倒是一样不缺。家里来了客人，没啥好招待的，就去菜园子里随便剪一把韭菜，切成段炒一炒，搭配一碗黄米饭。去看望朋友的时候，没啥礼物好带，也是剪一把韭菜，用纸扎成一束，是这样的清简淡然。而收到韭菜的那位朋友呢，当即就下厨房里和一只鸡蛋炒了，再温一壶酒，两个人就快乐地对酌起来 。

春初早韭，鲜味极盛，刚长出的第一茬韭菜，又谓之头刀韭。譬如小母鸡下的第一只鸡蛋，叫作头窝鸡蛋，甚至于小猪阉割下来的那个东西，也叫作头刀肉。世上最初的东西，总显得弥足珍贵。母亲割下头刀韭菜，切成段，再加一把春笋切成的丝炒一炒，清淡之中有一股说不出的鲜味。有时候也和鸡蛋、蚬子肉、虾仁、肉末一起炒，怎么吃都不会腻烦。春天的时令蔬菜不过几样，却翻来覆去，搭配出层出不穷的新花样。

过日子无非就是弄点吃弄点喝，把吃喝当成头等大事。乡下的女孩子早熟，几乎很早就对吃喝无师自通。记得我第一次做饭是七岁，个子还没有灶台高。踮起脚，把淘好的米倒进锅里，再舀两勺水，把一碗苔心菜放在蒸架上。母亲下班回来，闻到了米饭香，夸赞了我几句，语气却并无一点儿惊奇。似乎这是理所应当的。

不会做饭将来怎么嫁出去。要拴住男人先要拴住男人的胃。这是母亲的金玉良言。到了我这一代，忽然流行男人当煮夫了。我结婚后很少下厨房，“买汏烧”一律由他包办。有一次心血来潮下了一回厨房，令他惊讶不已，直呼埋没了人才。

还是来说说韭菜吧。我小时候经常吃韭菜炒蘑菇。蘑菇在乡下是个稀罕的东西，要在暖房里才能生长。小舅舅高中毕业以后，种起了蘑菇。那蘑菇长得又肥又大，每天都能采好几篮筐。外婆把蘑菇背到集市上卖，剩的蘑菇和蘑菇柄，统统送给了我们。

光秃秃的蘑菇柄，切成薄片，撒在韭菜里。起先还觉得味道很鲜美，吃到后来，不知为什么觉得有股怪味，我再也不肯动一下筷子。一样再好吃的东西，天天吃也会坏了胃口。蘑菇炒韭菜，就此成了我的噩梦，后来凡是有蘑菇的东西我都不太喜欢吃。西餐中的蘑菇汤，我也觉得味道怪怪的。

只有小青菜、春笋、马兰头、韭菜，那些叶子绿绿的，大地上的葱茏之物，却怎么都吃不厌，至今留存记忆中，成为春天最美的画面——母亲坐在小凳子上，理一把韭菜，把一根一根绿叶子挑出来，有时候是豆芽菜，乱哄哄的一堆，沾着豆壳，也是一根一根地挑。

等到豌豆上市的时候，就一粒一粒地剥豌豆。一个女人，也许一辈子就在重复一个姿态和动作。一生就在她的指缝间飞快地过去了。

春　笋

有一年去婺源看油菜花，在江岭的山路上，我看见了几个卖春笋和兰花的老妇人。兰花是从山里挖来的，应是长了很多年，底部的叶子间开出淡黄色的两三朵花来，煞是好看，可是路远迢迢，没法带回家。春笋呢，也是从山上的竹林里挖的。山上到处都是竹林，一片连着一片。有的是脆生生的野生春笋。既是野生的，那春笋的个子也分外娇小，才大拇指粗，剥开切成薄片，放在汤里，再加两三片咸肉，那个鲜味，简直没得说。

晚上在客栈吃油焖笋，喝春笋汤，另还喝了一大碗米酒，霎时一张脸绯红如桃花。春天就这样浩浩荡荡地来到了我心上。

小时候，母亲把咸肉、春笋和新鲜的五花肉放在一起煮，叫作咸笃鲜。腊月里腌的咸肉，到春笋上市的时候，盐分已经收在里面，用一点鲜肉和春笋配着，可以把咸味调淡。有时候也用马铃薯和青菜，但是味道都没有放春笋鲜。再说春笋的色泽也好看，淡淡的绿，似有若无，滚刀切成一小块一小块，盛在青花的盘子里。看着就使人生出欢喜之心。

在乡下教书的时候，我和小娟、玉英两个特别要好。玉英姐家有个院子，院子里栽着几株竹子，那不过是几株很清瘦的竹子，却每年长出很多春笋。春笋上市的时候，玉英姐挖了一篮又一篮，赠给我和小娟。拿回家切了嫩头，放在水里焯一下，捞起来蘸着酱油吃，剩下的老头切成大块，用文火炖一锅排骨汤。

春天的黄昏，我和小娟搬来两把小竹椅，坐在玉英姐家的院子里，竹叶沙沙，仿佛在唱着好听的奏鸣曲。暖烘烘的太阳余晖落在我们身上。玉英姐在厨房里做咸肉春笋拌饭，盛饭时每个碗底放了一勺猪油，一顿饭一人能吃两三碗。

那些烟云散淡的日子，就这样一个接着一个过去了。春梦无痕，等到有一天从梦中醒来，春天已经消逝了。春天的花，也早已开到衰败，我对落花流水倒并无多少怜惜之意，只是一个劲地叹息没春笋吃了。我乃彻头彻尾的俗人也，口腹之欲，总是胜过春花如梦。

有一年春天去安吉，在天荒坪上一户农家吃到过春笋烧野鲫鱼。野鲫鱼是从水库里捕来的，一早我们出门的时候，那户人家的主妇就把野鲫鱼处理干净，放在一只砂锅里炖。等到中午我们回来，那鱼汤已经炖出浓浓的奶白色。农妇把切成片的春笋、豆腐倒进去，水滚开了之后马上端上来，那顿饭还有野蕨菜和水芹。那几个菜，是我吃到过的春天最美味的菜，使我一直念想着啥时候再去一次天荒坪。

马兰头

春天来了，我和英子磨刀霍霍去青龙湾挑马兰。青龙湾的野花开了，小飞莲、苍耳、打碗碗花和婆婆纳。大地犹如一幅彩色的织锦，我和英子像在织锦上跳舞的女孩。走着走着，英子忽然停了下来，我凑过去一看，草丛中长着一堆马兰头，绿莹莹、脆生生的叶子挤挤挨挨在一起。那时候的青龙湾，简直像一个聚宝盆，春风一吹，马兰头、荠菜和野水芹，欣欣然睁开了眼，好奇地打量着这个世界。可没等看清楚状况，就被我们的小剪子咔嚓一下剪了下来。

太阳公公喜洋洋，像一只红皮球，被谁的臭脚丫一踢，骨碌骨碌地滚到河对岸去了。淡蓝色的炊烟从村子上空升起来，醉汉似的摇摇晃晃，走到天边绯红色的云霞里去。青龙湾美如仙境，只是那时候的我茫然不知，自己就是仙境中的小女孩呢。

马兰头和春笋、豆干是绝配。把马兰头洗净，在水中焯一下捞起来晾干，春笋和豆干切成丝，用麻油拌一下，有一股植物的清淡之气。麻油是隔壁的春香奶奶手工做的，封在一只装汽水的玻璃瓶子里，豆干是从豆腐坊的女人挑的担子上买的。

那个豆腐坊的女人，皮肤雪白，头发乌黑，眼睛大大的，像青龙潭的水一样幽深，掉在里面淹得死人。听说村长就掉了进去，幸好村长的那个黄脸婆，一把把村长捞了出来，还狠狠地扇了村长两个耳光。村长这才幡然醒悟。青龙湾的春天，就这样飞快地过去了，恍如一个消失的梦幻。

仍旧来说马兰头和英子。春天的一个黄昏，我拎着小竹篮去找英子，英子的眼睛哭得肿肿的，她妈妈不让她念书了。要她在家里当织女（村子里流行织布机，英子家也买了两台）。我和英子走到河滩上。落日像一只红皮球，贴在青龙湾上空。我狠狠地朝它踢了一脚。我说英子，你也踢一脚吧，踢一脚就舒服多了。英子怯生生地抬起脚，使劲朝河对岸一踢。然后，她朝我粲然一笑，说，我们挑马兰吧。

这是我和英子最后一次一起挑马兰。没过多久，我考上了师范。念好书回来时英子已经处了对象，是春香奶奶做的媒。她给我看一张和那个男的在人民公园拍的小照片。

照片上的英子，穿着雪白的蓬蓬裙，一脸娇笑。听说英子嫁过去以后，那个男的起先待她还算好，生了一个女儿之后，脸色渐渐就难看起来。再见到英子，她已经是个胖女人了。身上一点也没有少女英子的影子。想必在她眼中，我亦不是少女时的我了。只有那河滩上的马兰头，仍在春风中蓬勃生长着，绿了一年又一年。

翡翠莴苣笋

黎戈写过一篇文字，茶淘饭和莴苣圆。那莴苣圆是叶灵凤笔下南京旧日的小菜：把莴苣切片，腌制，然后晒干，盘成蚊香状，再夹一片玫瑰花瓣。不禁对这个莴苣圆神往不已。茶淘饭我已好久没有吃过。小时候的夏天暑热难耐，吃不下米饭，于是就在米饭里淘了茶汤，下饭的小菜呢，无非酱黄瓜、豆腐乳、凉拌莴苣笋。

我妈凉拌的莴苣笋滋味真是好，脆生生，甜津津，有一股田野上的清气。初夏的莴苣笋个头已经很大，长得又肥，一只莴苣笋能拌一大盘。咯嘣咯嘣嚼得震天响，一碗茶淘饭转眼也就见了底。

小时候不觉得稀罕的东西，长大了，却一件件觉得稀罕起来。我去菜市场买莴苣笋，削出来的肉是白乎乎的，小时候我妈种的莴苣笋，呈碧青色，盛在青瓷盘子里，好似翡翠一般。我在台北故宫博物院看到的翡翠白菜，半白半青，青的也不过就那个颜色。

自从我妈来城里找了一份工作以后，乡下的地就由我爸打理。我爸一开始种的莴苣笋，又瘦又小，好像得了侏儒症，他捎到城里，我妈笑弯了腰。我妈打电话问我爸，有没有浇水施肥？我爸在电话那头答，没有哎。

然后他恍然大悟，原来种菜要浇水施肥的。于是每个晨昏，他都要到地里去忙碌一番，可是过了不久，他发现，那些菜秧子都奄奄一息了。

总之，经过了几番摸索与探寻，碰了好几次壁以后，我爸才种出了一畦绿油油的小青菜，然后是莴苣笋、黄瓜、南瓜、丝瓜、番茄、茄子……我爸怎么也没想到，他这个养猪能手有朝一日竟然成了种菜专家。

我爸忙着推销他种的菜，每周我妈回去时托我妈带到城里，用塑料袋分出一份一份，特地叮嘱我送给左邻右舍，让城里人也尝尝有机蔬菜。于是我只好一层一层去敲门。有人很快打开门，笑着连声道谢。有人打开一条门缝，还没等我说明来意，就“哐啷”一声关上了门。还有人干脆门都不给开，我站在门外伫立良久，只听见电视机里传出一片打打杀杀的声音。

真是枉费了我爸的一片好心哪。

不过我爸打来电话时，我告诉他那些有机蔬菜，都被邻居们一抢而空了。特别是翡翠莴苣笋，邻居们吃了都赞不绝口。我爸听了特得意，恨不得连夜把那一畦莴苣笋都拔了送给我的邻居们。

今年过年以后一趟都没回过家，我妈说我爸那天跟她嘀咕说想我了。我爸也忒矫情了些，不过一个人在乡下，日子难免过得寂寞。不像我妈，在城里过日子总觉得时光飞快。回去后乡下的邻居们都说她皮肤变白了，人也变年轻了。我妈比我爸大两岁，现在瞅着却像小了十岁。

我爸这几年腿疾老是发作，鬓角的头发也几乎全都白了。想起我和我弟十来岁时，别人还以为我爸是个小伙子，张罗着要给他说媒呢。我爸叹口气说，咋一下子就老了呢。

我让我爸来城里。他当然不肯。我又说让他跟个夕阳团去旅游。他把头摇得像拨浪鼓：浪费那些钱做啥？人累个半死，到头来什么也没得着。我爸永远想不明白城里人咋会花钱去干些什么都得不着的事，还敢坐飞机呢，电视里不是老报道飞机掉下来的新闻嘛。他们胆儿还真大，我爸替他们着急，我笑我爸是只老鸵鸟，又愚昧又顽固。

我爸的幸福，是每天和他的猪娃、一只名字叫小白的狗、一群鸡鸭鹅在一起。自从村里规定只准养两只猪娃，多余的每只要出八十块钱，他就不断唉声叹气，说这样算下来几乎就没啥赚头了。这下可好，得靠我妈给他零花钱，他觉得特没面子。我说，爸，不给养你就乐得轻松点。你就好好地种你的翡翠莴苣笋吧。

我爸苦笑了一下，他心里是真不好受。他大字不识一个，没啥娱乐，一肚子养猪经如今又没了用武之地，就觉得没事可干起来……

周末我带孩子去乡下，我爸正在锄一垄地。豌豆花爬在田埂上，白蝴蝶似的，一朵飞到另一朵身旁。他一下一下锄着地，比小学生还认真。

吃过午饭，我爸跟我在廊檐下掰莴苣笋的叶子。那翡翠莴苣笋，掰掉后叶子处渗出奶白色的汁水，空气中弥漫着一股清香。仿佛那些久远的时光又回来了。

我爸把莴苣笋和鸭蛋给我装到篮子里，说他腌了几十个鸭蛋，过几个礼拜出油就可以吃了。

那初夏的时光，映在廊檐下天蓝色的玻璃窗子上，显得无比悠长……

|第三辑|

南方有佳果

南方有佳果

茶几上放着一盒槜李。晓得我爱吃槜李，上市时节，他便经常买一些回来。

那一盒槜李，统共十二颗。每一颗浑圆、朱红，布满淡金色的小圆点，并且还有一道爪痕——传说是西施的抓痕。遥想当年，美人纤纤玉指，捏起一枚槜李，长长的手指甲不小心划了一道痕迹，于是那痕迹便永远留了下来。

说起来，槜李真是有福气，得到了美人的青睐，于是身价倍增，摇身变成了佳果。譬如荔枝，“一骑红尘妃子笑”，杨贵妃爱吃呢，有一个荔枝的品种就叫妃子笑。

如此说来，槜李应当有一个名字：美人果。

清代王逢辰的《槜李谱》云：“嘉兴为古槜李地，槜李见于春秋，地以果名也。”公元496年，吴越争霸，大战于槜李。

相传槜李始产于净相寺。净相寺的槜李，种在西桂房的天井里，由师祖梅堂亲自养护。果子熟了，摘几枚，装在白瓷青花盖碗里，内衬蕉叶，赠予镇上的乡绅。佳果难得，寻常人吃不得，从前乡绅老爷们才吃得，吃了以后作诗，挥毫弄丹青，引以为美事。

岁月浮沉，当年西桂房的槜李树已坏毁，繁华之地，雅乐民间，仍有孜孜不倦之人，力耕之余，如养护小儿一般，悉心栽培槜李。

风桥三星村，有个陆园，陆园主人陆建民，种了七亩槜李。相传那一片槜李，就是当年净相寺里移栽的真种。花开时节，花白似雪，挂果之时，硕果累累。陆园槜李，嘉树成荫，名播一方之胜。

净相寺的槜李树是有佛性的。吃了香火，才结出又大又甜的果子。陆园主人，宅心仁厚。每年结果，仍不忘挑两盒，送到寺庙里，分给众僧人吃。

有一年春天，陆园主人邀我们去赏花。花开胜雪，香远益清。看花之人，不觉生出一颗沉醉之心。炎炎夏日，果子熟了，陆园主人又邀我们去尝佳果。一进庭院，院中有一株梨树，一口水井，梨树下置一木桌，抬头即见青梨。主人端来一只白瓷盘子，盘中七八枚果子，观槜李之形，饱满浑圆，色朱红，布满淡金色的圆点。

陆园主人告诉我们，吃槜李最好的法子是：拿一枚熟透的槜李，咬一个小口，用力一嘬，满口皆是琼浆玉液——芬芳、隽永，那滋味令人回味无穷。

心急吃不了热豆腐。吃好东西怎么能心急呢，那心急的人，还没等果子熟透，就迫不及待咬了一口，吃到的果子是酸的，于是呸一下吐掉了。自己不识货，还偏说它不好吃呢。

那个说槜李不好吃的人，一定是自己的耐心不够，尚须好好修炼才是。

修炼一颗心，等待一个人。

直到青衫尽湿，时光惊雪。

一颗好果子，是不会辜负那个等待它的人的。

前几天一个外地友人过来，洗了一盘槜李招待他，郑重其事地向他介绍这枚果子：甘甜多汁，鲜美无比，乃南方之佳果也。友人将信将疑，拿起一枚槜李，放到嘴边，照我说的法子，先小心咬破一层皮，再用力一嘬，大呼好吃。

友人来自北方，从没吃过槜李。

南方有佳木，亦有佳果。南方温润的气候，滋养了草木、瓜果以及雅致的生活。

一枚小小的槜李，亦吃出了文化与情怀。

南方有佳人，一笑倾人城，再笑倾人国。

那个吃槜李的女子，也许把自己想象成了西施。

每一样瓜果，都有自己独特的气息。槜李身上就有一种贵族气。

那一盒槜李，在茶几上已经放了好多天了。挑一枚个大、饱满、柔软的，轻轻咬开，用力一嘬，满口琼浆玉液。但觉岁月静好，生活的滋味，亦充满了甘甜与芬芳。

乌梅汁、茶淘饭

夏日饮品，乌梅汁算得上是最得宠的一例。

因了那酸酸甜甜的滋味，把百无聊赖的味蕾勾了起来。

每日浑浑噩噩，无所事事。几乎睡到日上三竿才起来，潦草地吃一点，中午再睡个午觉，醒来时已是黄昏。呜呼，一天的光阴就这样虚度荒废掉了。

日子久了，遂生出了愧疚之心。但又转念一想，既然我的生物钟如此，也不必对自己太过苛责了吧。每天吃吃睡睡，翻几页书，日子倒也闲适。

唯一去的地方是一家名字叫卡卡奥的咖啡馆。

那家咖啡馆冷气打得很足，我每天去都点一杯乌梅汁。

吧台旁摆着几盆薄荷，那个吧台后面的小伙子做饮料时，摘一片薄荷叶放在里面，再放两块冰。乌梅沉在底下，搅一搅，酸酸甜甜的滋味便浮上来。

乌黑色的汁液里，有着亘古的记忆，不灭的繁星。

小时候夏天，我妈也给我做乌梅汁，由一种粉剂冲泡而成。记得那时还不叫乌梅汁，叫酸梅汤。

一只大搪瓷杯，舀两勺酸梅粉，一勺白糖，用开水冲泡，晾在八仙桌上，上面罩了一个淡绿色的纱罩（防苍蝇）。海鸥牌电扇呼呼吹着。

那时还没有冰箱。冰镇乌梅汁是喝不到的。可不知怎么回事，一杯乌梅汁咕嘟咕嘟喝下去，总觉得有无上清凉。

那井栏里的西瓜，弄堂里的风，知了的歌声，荷塘月色，银河迢迢，奶奶摇着蒲扇讲牛郎织女的故事……端的是人间好时光。而我竟再不能回到那亘古的时光中去了。

知我喜欢喝乌梅汁，表妹发了我一个制乌梅汁的方子：乌梅 10 颗，山楂片 20 片，甘草 10 片，冰糖 50 克，凉水 2 升。

第一步：将乌梅、山楂片、甘草冲洗后浸泡半小时，中间换两次水。锅里备好 2 升凉水，放入洗净沥干的这三样东西。

第二步：大火烧开，换小火再煮一个小时，放入冰糖，化开后搅匀关火。

第三步，等凉了以后倒入玻璃壶，放入冰箱冷藏。

遂兴冲冲去药房，买了方子里的几味药材。依葫芦画之。

花了半天工夫，终于制成一扎冰镇乌梅汁。他下班回来，神情倦怠，倒了一杯端给他。喝了以后，眉头渐渐舒展开来，赞曰：老婆，奇怪，怎么瞬间觉得自己浑身又充满了力量。

这是一杯神奇的乌梅汁啊。

冰镇乌梅汁，大抵江南寻常人家都吃得到。讲究的人家，把隔年的桂花，晒干了储存好了，这时候拿出来，撒一点在乌梅汁里，也可做桂花糖藕、酒酿圆子。

夏天还有一样吃食：茶淘饭。炎炎夏日，食欲不振，吃什么都没胃口。按照我妈的说法，这是疰夏。这症状怎么听起来有点像相思病呢。

治疰夏的法子，是吃茶淘饭。冷了的米饭，用茶汤一泡，一粒粒晶莹剔透。配茶淘饭的小菜，一碟酱萝卜，一碟豆腐乳，一碟翡翠莴苣圆，吃起来极其开胃。

有一年与草去上海，在南京西路人民广场附近的一条小巷子里，有一家日式料理店，菜单中发现有乌梅茶淘饭。点了一份，上来一看，果然精致，乌青色的茶汤中堆着雪白的米粒，顶端还覆了一片叶子，叶子上盛着霉干菜。

草说从没见过这样的吃食，我说这是南方特有的吧。南京、江浙一带人夏天甚喜食茶淘饭，《红楼梦》中宝玉连吃了两碗茶淘饭，也是南方人的生活习惯。

这习惯一直沿袭了下来。如今，南方的夏天，那巧手的主妇依旧一丝不苟，花上大半天辰光做一扎乌梅汁，一碗茶淘饭。端的有过日子的闲情与雅兴。

那么，生在南方的人是有福的吧。

大眼睛葡萄

一颗正常的葡萄有多大？大约有水汪汪的大眼睛那般大吧，我把它叫作大眼睛葡萄。

以前住在禾平街的时候，每年夏天，都会有果农骑着摩托车驮来大眼睛葡萄。

那是产自凤桥的葡萄，紫紫的大眼睛葡萄。

一大清早，果农骑着摩托车“突突突”来了。摩托车后面挂了个筐，筐里不过十几串葡萄，只消一会儿工夫，一筐葡萄就被抢光了。所以买的人，须起个大早守在路旁才行。

问那个果农，为什么不多采一点大眼睛葡萄呢？

果农笑嘻嘻地说，只有这几串熟了呀，其他的要等明天熟了才能采，着急不得。

那个果农的话令我记忆犹新。

好东西要等待，着急不得呢。

那时的我，住在禾平街一间小小的公寓里。木桌子上的一只陶瓷瓶里，春天插了路旁摘的野花，夏天，则插一把狗尾巴草。

有时候，一个人光着脚，踩在木地板上跳圆圈舞，日子过得甚是清新可喜。

买来的大眼睛葡萄，一颗颗剪下来，放在一只水晶碗里，再一颗颗剥来吃。

一天的辰光，无非就是翻几页小说，吃一碗葡萄。

真是一生中最好的时光呢。

就是吃一碗葡萄，也会觉得无比快乐。

现在的我，已经不再有这样纯粹的快乐和满足了。

是不是年纪越大，就越难以得到快乐和满足呢。

那天遇见一个初中同学，当了个小老板，赚了很多钱，有好几套房好几辆车。每天不过是约客户谈生意，吃饭，可是他说，为什么仍旧觉得很空虚，很不快乐。

说起来，是因为想要得到的东西太容易就得到了，于是很快就滋生了厌倦。

有一种时髦的说法叫延迟快乐，大抵是说，想要某样东西，不让自己立马得到，这样反而会增加快乐和满足。

譬如那时候，须起个大早，才能买到大眼睛葡萄。去晚了，只好再等待一天。

所以能吃上一碗大眼睛葡萄，就足以让我觉得人生美好，再也别无所求了。

已经很久没有吃葡萄了，不晓得现在还有没有大眼睛葡萄。市场上倒是有一种巨峰葡萄，乒乓球一般大，无籽，然而我不敢吃，据说这样的葡萄，打了很多药水。

下午路过春晓果园，那个卖水果的女人对我说，买几串吉娃娃吧。

这吉娃娃，说起来就是袖珍葡萄，比珍珠大不了多少，听说产量稀少，所以很珍贵。

我忽然想起十几岁时，在小镇上的水果摊上，曾见到过吉娃娃。

那个卖水果的女人，仿佛来自异域：脸上蒙着纱巾，露出一双黑葡萄一样的大眼睛，很热忱地招呼我，小姑娘，买一串尝尝。我被她深深地吸引住了，不知不觉走了过去。

我后来再也没有见过那个来自异域的女人，也再也没有见过这种袖珍葡萄。

睡　莲

夏日的荷塘，一池荡漾的绿波之上，绽放着十来朵睡莲。

那一池绿波，映着天光与云影，有一种说不出的美。

团团的荷叶，宛如一匹浓得化不开的绿绸缎，向不可知的岁月深处滑去。

那几朵睡莲，犹如粉红女郎，轻轻踮起脚尖。

一圈一圈的涟漪，从湖中央扩散开去。

这是莫奈的作品《睡莲》。

这也是我在乡下的荷塘之所见。

小时候，我家门口有一大片稻田（金字圩）。绕过金字圩，便是碧波荡漾的千亩荡。夏天，湖上一片荷花，“接天莲叶无穷碧，映日荷花别样红”不过是寻常景致，年幼的我也并未觉得那景致有多美。

然而隔了二三十年，客居城市以后，再回到乡下看那片荷塘，却被深深地吸引住了。

这完全是因为时空的转移。犹如雾里看花，水中望月，那过往的时光蒙上了一层淡淡的面纱，不免令人心醉神驰了。

只因，再不必冒着炎炎烈日去摘莲蓬、挖藕。那片荷塘，于现在的我而言纯粹是一帧风景，一轴画。这时候，它纯粹是审美意义上的荷塘，给人以美的享受。

艺术便是如此。因与现实生活存在一定的距离，才能成其美。

日常与艺术，虽有时会重合，但大体来说，日常是实用的，艺术是审美的。

若只是一味追求现实的功效、好处。那便谈不上是什么艺术。

譬如一幅画，只是挂在墙上，令人悦目赏心，使人心生愉悦罢了，要说现实的好处，还真是说不上来（当然有的画很值钱）。

“真正的美极为柔弱，却不可征服。”它跳出了实际功效、利益和好处，只是去欣赏它本身。

我们觉得一只汉代的白瓷碗很美，可是在汉代，它不过是用来斟酒的器物罢了，谈不上是一件艺术品。经过了漫长的岁月，它变成了一件古董，摆在橱窗里，供人参观、欣赏。那独特的造型，洁白的釉色，忽然散发出一种璀璨夺目的美。

于是那一只汉代的碗，便成了一件珍贵的艺术品。

美的事物，总是与现实有一定距离。

我们觉得桃花源很美，可是那个生活在桃源里的农夫，并不知自己是仙境里的人。

我们觉得远方很美，可是一旦真的去了远方，便觉得一切也不过如此。

那些奇景幻境，不过是因我们从未见过，才令我们觉得新鲜、感到惊喜罢了。

又或者，它是我们消逝的昨日，一帧旧照片。

犹如那几朵绿波之上的睡莲，隔了漫长的光阴，再去打量、欣赏它，便觉得它是一幅旷世的画，一件伟大的艺术品了。

亲亲丝瓜

婆婆在小区北面的空地上种了几株丝瓜，结了七八根。

奇怪，这些丝瓜不是长的，也不是圆的，而是带了刺儿的，像七八只小刺猬，趴在瓜架上。

婆婆说，这是香丝瓜，吃起来比普通的丝瓜好吃。

果然，把香丝瓜削了皮，炒一炒，吃起来又鲜又糯。

我喜欢吃丝瓜呢。

小时候的夏天，我妈每年都会种几株丝瓜，就在我们家院子的西墙脚的旧砖瓦堆上。丝瓜秧沿着旧砖瓦爬上来，我妈在墙脚和屋檐上方拉了几根绳子，渐渐地，丝瓜藤爬上绳子，撑起了一顶天然的绿色凉棚。

从凉棚上，开出淡黄色的花，垂下一条一条细细长长的丝瓜。

丝瓜又细又弯，可是颇好吃，我们家几乎顿顿吃丝瓜：清炒丝瓜，丝瓜炒笋尖，丝瓜粉丝，丝瓜蛋花汤。

我吃不厌丝瓜呢。

我还会煮一例番茄丝瓜汤。番茄切块，丝瓜切段，再放两条撕好的笋尖，装在一只白底蓝花的盖花小碗里，揭开来，红绿相间，煞是好看。

女儿把这一碗汤叫绿肥红瘦汤。

炎炎夏日，食欲不振，吃什么都吊不起胃口，唯有做一碗番茄丝瓜汤，三下五除二，哗啦哗啦就把一碗米饭吃进肚子里去了。

秋风里，丝瓜老了，外壳渐渐变成焦黄色，仍挂在丝瓜架上。

远远的，那些晃荡的老丝瓜，像晃荡着一百个秋天。

到了冬天，北风呼呼，天寒水瘦，墙角边还挂着几只老丝瓜，很像一幅齐白石的画。

老了的丝瓜，浑身都是经络，剥掉皮可以当抹布，洗碗，擦灶台。那时候我们家的抹布都是老丝瓜。用坏了一个，再取一个新的。

很多年以后，我住到城里，我妈每年还会捎几个老丝瓜给我，放在锃亮的厨房里。我妈说，用丝瓜抹布，比海绵还好用。

我妈也住到城里以后，留下我爸一个人在乡下。

每年夏天，我爸仍会种几株丝瓜。我爸种的丝瓜，是改良过的品种，圆头圆脑的，像地卜。切成片，一只可以炒两碗。

我爸每次来城里，都要背一只大口袋，里面藏了小青菜、茄子、秋葵、朝天椒，还有这些圆头圆脑的丝瓜。

我说爸，下次你少拿一点，这么多怎么吃得完。

我爸说，吃不掉就分给邻居吃。反正长了这么多，我一个人也吃不掉，就得喂猪吃哪。

啧啧，我们家的猪真幸福，是吃绿色无公害的丝瓜长大的。

后来，政府不让农户养猪了。我爸的丝瓜，只好去喂鸭子，我们家的鸭子，也很喜欢吃丝瓜。

我爸还捞小鱼小虾、青壳螺蛳给鸭子吃。鸭子长肥了，我爸抓一只，抹了鸭脖子，坐在屋檐下一只小板凳上，给鸭子褪毛。

我爸赤着膀子，冒着热汗。

我抡起一把大扇子，给我爸扇风，我爸冲我笑，小时候哪，你就喜欢当铁扇公主。

不知怎么，我的眼睛酸酸的，有泪水淌落下来。

一刹那九百生灭。我再不是当年那个扎着羊角辫在廊檐下跳来跳去的小女孩了。

我爸也老啦，剃了光头，仍止不住冒出一茬茬白头发。

几乎每餐，都吃一碗丝瓜。

爸说，丝瓜吃不厌呢。

我却晓得，我爸多吃丝瓜，一则为了节俭，二则是为了治他的痛风。民间有个偏方，说是吃丝瓜可以治疗痛风。

也许这偏方真的管用，说来也奇怪，到了夏天，我爸的痛风病就会好很多。

我爸想来城里找个工作。可是我爸大字不识一个，什么活也干不了。我爸红着眼眶，像个做错事的小孩子，说我现在变成一个没用的人了。

我说，爸，干不了咱就不干了。您年纪大了，可以享享清福了。

我爸叹了口气，哎，才六十多岁的人，竟然就吃白饭了。

我爸去水井旁洗菜淘米。那个丝瓜架——犹如一顶绿色的阳伞，撑在他头顶。这么多年，一直陪伴、庇护我爸的，就是那个丝瓜架呀。

呵，亲亲丝瓜。

菱 角

菱角才刚上市，约略拇指般大，就有妇人，拎了菱桶到集市上卖。

妇人也不吆喝，只是坐在一只小板凳上，低头剥菱角。

秋风中，妇人的头发，有点凌乱，鬓角染了白霜。

我蹲下身去，拿一只塑料袋子，装了半袋子菱角。

接连买了几回，妇人冲我笑：妹妹，喜欢吃菱角哦。

嗯。我也笑着答。

实则并非那么爱吃菱角，只是觉得，这妇人的身影，甚是熟稔，有点像故乡的老妪。

我的故乡，有一个麟湖，湖上种了一大片菱角。故乡的菱角状若元宝，无角，据说是乾隆皇帝吃过的菱角。又叫南湖菱、小青菱。

我喜欢小青菱这个名字。因了这名字，总觉得那菱角，到了夜里，会幻化成一个身穿绿罗裙的姑娘，名字叫小青。

春天，麟湖披上了一条绿色的油毡子。菱秧撒下去，长出了菱形的叶子，青碧可喜，用木桩子团团围住，像围起了一只“羊圈”。

可是总有不听话的菱秧，从“羊圈”里钻出来，顺着河水，一路流浪。

在河阶上洗碗、淘米呢，远远地看见一株菱秧漂来，立马取了竹竿捞上来。菱秧底下，结了淡青色的小菱角，掐开来，尚且只有一泡水。

把捞来的菱秧扔到院子的水缸里，再捞两株荷花、几条小鱼放进去，那一只水缸，俨然院子里的一道风景。

童年的我，蹲在水缸边，看那一株粉荷，从水缸里探出身来，宛如出浴的仙女，心里美气得不行。至于那些菱角，一个个摘掉、吃干抹净。

口腹之欲，终究及不上审美情趣。

一大早，母亲提个杭州篮，去集市上买菱角。

菱角好吃，生吃熟吃皆可。我喜欢生吃，甜甜的、脆脆的。母亲坐在廊檐底下剥菱，烧菱肉饭。剥出的菱角，大半被我吃掉了，只剩了蓝边碗里浅浅一个底。母亲也不恼。

菱肉倒进锅里，油里煸一煸，倒入粳米、水，不一会儿，香气从灶头飘出来，一锅菱肉饭出炉了。在乡下，什么时节煮什么饭。阳春，苔心菜抽苔了，掐了菜心，切几块咸肉，煮一锅咸肉菜饭；立夏，则煮豆瓣饭。

乡下的妇人，有的是办法，把寡淡的日子过得有滋有味。

过年时，有老菱角吃。老菱角真的长了两只角耶，像老牛的角一样，朝两头弯。

母亲买来老菱角，摆在八仙桌上，给祖宗们吃。凡是祖宗吃过的东西，小孩子吃了，可以得到祖宗的庇佑。因此，拜过祖宗，母亲把菱角分给了我们。剥开来，里面的肉甜津津的，很有嚼劲，有点儿像板栗。

有时候，母亲也煮上一锅老菱角，一口大铁锅，置于煤球炉上，呼呼地冒白汽。

端午节那一天，集市上有老妪叫卖菱角。不过那是从淤泥底下挖出来的，隔年的菱角，用红丝线穿成一串串。菱谐音“灵”，大约因了这缘故，乡人在端午那天在小孩子身上系上一串菱角，祈愿小孩子可以聪明、灵光一些。

母亲在我身上也系了一串菱角，走路的时候，那串菱角叮叮当当，发出悠然悦耳之声。

关于菱角，记得的似乎仅有这些。

故乡的湖，现在已经不种菱角了。据说菱角会污染水质。

一个印尼老板，花了六亿美元，买下了那个湖，想打造一个风景度假区。

母亲说，以后恐怕吃不到菱角了。顿觉这世上的好东西，又要失去一样了。

这一阵去菜场，看见有菱角，就买回来一些。清炒，撒一把葱花，拌上香油、醋，端到餐桌上，几双筷子争抢着吃。

一只只菱角，洁白如玉，香糯可口。

说来奇怪，隔了夜的菱角，鲜味尽失，并且煮不熟、烧不烂，不知这又是何故。

大白菜

去菜市场买菜，一个老奶奶指着箩筐里的大白菜说，这个时节的大白菜最好吃了。

“春之早韭，秋末晚菘。”菘指的就是大白菜，菘这个字多雅致，大白菜就显得忒俗气了。

我喜欢吃大白菜，买上两棵，一个礼拜的蔬菜就不缺了。自从女儿寄宿以后，实在懒得在家里做饭，要做也经常是简单的两个菜：清炒大白菜，番茄烧鸡蛋。

周末女儿回家，买了螃蟹大虾，她爹喜滋滋地说：托女儿的福，总算吃到了一顿好的。遂絮絮叨叨向女儿告状：你不在家，你妈虐待我。

哈哈。此君甘油三酯超标，我倒觉得多吃些大白菜委实无妨。

况且，大白菜多好看啊，君不见中国画中常常出现大白菜的身姿，可见不是俗物。据说齐白石擅画大白菜，三两笔淡墨，淡淡勾出一株大白菜，再画上几个柿子，取一个雅致的名字：《一世清白》，立马变成一帧挂得厅堂，供人赏玩的清雅小品。

好看也罢了，乡下人在乎的还是实际的好处。小时候过冬，几乎每家楼道里都要储存一些大白菜。一个个胖娃娃似的垒在壁角，煞是可爱。

除了大白菜，楼道里还堆了煤饼。冬天要生炉子嘛，炉子上煮一锅大白菜炖肉，屋子里热气腾腾，香味一个劲钻进鼻孔里。我和弟弟，端个小花碗，流着涎水守在炉子旁。

大白菜还可以煮年糕、下面条、煮面疙瘩。啥是面疙瘩呢，就是和好的面，拧下一个一个疙瘩，下到锅里，再加一把剁碎的白菜叶子，等到雪白的面疙瘩一个个浮起来，舀进蓝边大碗。我和弟弟一人一碗，头抵着头，吃到额头上沁出汗珠。因了那一碗面疙瘩，记忆里童年的冬天，总是暖烘烘的。

大白菜的帮子，脆脆的，切成长条，放在碗底，上面覆几块咸肉，放到灶头上蒸。蒸至酥烂，肉味浸到了白菜帮子里。母亲极喜欢吃这一道菜，前两天，念叨着要去菜场买一块肉回家腌，蒸大白菜帮子吃。母亲住到城里，念念不忘的仍是故乡的风物。

实则素的菜，借一点荤气，吃起来极有滋味。母亲贪恋的，不过是那一点旧时光之味。肉是再也不敢多吃，一盆咸肉蒸大白菜，菜吃得精光，肉没动几片。

我爸在乡下种了几年大白菜。收获时节，也不售卖，只是割了一大堆放进蛇皮袋，背到我家。有人寻根问底，疑心我家是卖大白菜的。

有一次，我爸背了一株白菜王，有几十斤重。那一株大白菜，整整吃了两个礼拜，吃得老远都能闻到我身上的白菜味。

说实在的，吃了那株白菜王，我有点吃伤掉了，很长一段时间不想碰大白菜。后来，我爸不种大白菜了，改种了秋葵。于是我家的客厅经常垒着小山似的一堆秋葵。

再后来，我爸进了城，乡下的地荒了。我家再也不见大白菜、黄秋葵的影子。我忽然觉得有点怅然若失。

有些东西，失去了就永不会再来，譬如，堆满楼道的煤饼和大白菜。

说起那个卖煤饼的人，总是趁着凛冽的寒风尚未到来、大雪尚未封门之时来到我家。现在，家家户户用上了管道煤气，不知那个卖煤饼的人去了哪里，他黑乎乎的大手印，还印在我家老房子的墙上呢。

木　槿

这是野地里的花，紫色、复瓣，层层复层层，像小女孩抖开的霓裳。

风从远处吹过来，又吹过去。

风把村庄吹老了，风把村庄里的老人，吹得像麦秸秆一样纤瘦。最后，风把那些老人一个个吹进了野地里。

只有木槿花，在野地里恣意生长、开花，一年又一年。

小时候，村子南边有块野地，是祖宗的坟地。坟地旁，开辟了菜畦，种的是南瓜、冬瓜和红薯。

一个人，死去了，会变成什么呢？一口棺材，腐烂的骨殖。

我总想着，有一天，那死去的人，会和植物的根须，紧紧缠绕在一起，滋养、孕育了新的生命。

所以，那些冬瓜、南瓜和红薯，才会长得那么硕大无比吧。

平日里，村子里的人很少去野地里。只有清明上坟，女人们拎了杭州篮，上面罩了一块蓝印花布，揭开花布，里面齐齐摆了八个青团、一瓶黄酒。女人斟了黄酒，洒在坟地上，磕头、上香，求祖宗庇佑一家大小平平安安、和和顺顺。

奶奶信佛，做这些事情格外虔诚。爷爷呢，是个乡村知识分子，爱读七侠五义，不信鬼神。

有一次，奶奶和爷爷在野地里挖红薯，挖到一个罐子。打开罐子，里面滚出一个骷髅头，奶奶吓得瑟瑟发抖，跪地磕头，求那个骷髅鬼饶命。

爷爷大喝一声：骷髅鬼，看招。

那个骷髅鬼听了，竟然在地上滚起来，这下，奶奶更害怕了，磕头如捣蒜。

爷爷抡起铁锹，靠近那个骷髅头，“啪”一下打下去，那个骷髅头碎了，从里面游出来一条蛇，“咝咝”吐着红信子。

爷爷三下两下就把那条蛇打死了，然后捡起那个骷髅头，原封不动装进了罐子里，埋到了坟地里。

后来，奶奶一直有点心神不宁，唯恐爷爷得罪了骷髅鬼。爷爷说，老太婆，你真愚昧。世上哪有鬼哦，不做亏心事，不怕鬼敲门。

爷爷一生无病无灾，八十四岁寿终正寝。走的时候，面容安详、喜乐。

临终时，爷爷嘱咐把他的骨灰，撒在野地里。

野地里埋着奶奶，他要和奶奶永世在一起。

野地荒芜。唯独木槿花，开了一年又一年。

木槿花的叶子可以洗头。童年的我，搬一只小板凳，一个牡丹花脸盆，倒了半盆木槿叶。木槿叶揉出的汁液，黏黏的，稠稠的。暗黄、打结的头发，洗过之后，变得乌黑柔顺起来。

太阳暖烘烘的，不一会儿，湿漉漉的头发就晒干了，变得香喷喷、蓬松松的。扎一只麻花辫，鬓角插了一朵木槿花。以为自己是个风华绝代的俏佳人。

木槿的花，很多年没有见过了。有一天走过小区里一户人家，篱笆墙上，开出了一朵朵紫色的花。仿佛故人，如此亲切、熟稔，却一时唤不出她的名字。在手机上打开“形色”软件，拍下花，跳出来两个字：

“木槿”。

纵使相逢应不识，尘满面，鬓如霜。恐怕木槿，也已经认不出我来了吧。

有时候揽镜自照，自己也觉得惶然呢，那个扎麻花辫的小姑娘，何以变成了镜中那个头上长出了白头发、面容憔悴的中年妇人模样？

黄　狗

若你大白天去青龙港走一遭，不见什么人，倒是会遇见几条黄狗，躺在人家屋檐底下，忽听见陌生人的脚步声，立马警惕地竖起耳朵，冲你吠叫几声。也有与你从狭路上相逢，正僵持不下之际，你朝它扔一块石子，它夹着尾巴灰溜溜地逃走了。

这些狗一律长得很丑，矮脚，皮毛有黑、黄、白或花色，村子里的人统一戏称为“中华田园犬”，说得俗气一些，就是草狗。

不知什么缘故，青龙港顶多的是黄狗。青龙港的人顶爱的也是黄狗。大概是因了那胖胖的身子，蓬松的黄毛，温和驯良，又通人性的缘故。

老鳏夫永福养的那一条狗，名字叫福贵。永福出入都要带着它，村子里的人说永福和福贵像两兄弟。

永福带着福贵在村子里到处溜达，威风凛凛的，好似一个将军带着他的士兵。他下河去摸鱼，朝岸上一扔，喊一声“福贵”，福贵便箭一般地冲过去，衔了那条鱼，扔进鱼篓里，绝不偷吃。等到鱼篓满了，永福捡出些小鱼扔给福贵，福贵才摇着尾巴，咂巴着嘴，把那几条小鱼吃掉。

夕阳下，永福背着一篓鱼，回到了他的小破屋。他把鱼杀了，洗干净，用绳子穿在一起，晒在屋檐底下。他的屋子里永远弥漫着一股鱼腥味，墙角还挂着渔叉、渔网，除此之外，就是青龙港清寂的月光与无边无际的梦境了。

月光下，永福梦见一个青衣女子，翩然来到他的小破屋，冲他浅笑盈盈。那青衣女子忽然解开了衣裳，裸露出雪白、晶莹的肌肤，梦中的永福，看得痴了，呆了，一句囫囵话也说不出来。他使劲拧了一下自己的大腿，哎呀，醒了过来，看见屋檐下挂着一只大苞谷。

永福想女人了，可青龙港的女人，没有一个看得上永福。他长得又矮又丑又穷，用现在时髦的话来说，就是一个“矮穷矬”。除了苞谷变的女人，世上别的女人，怕都是看不上他的，永福不禁黯然神伤。福贵像洞悉了永福的心思，也耷拉着脑袋。

一天，永福在屋檐下穿鱼，忽然听到一阵脚步声。那脚步声很轻，是一个女人的。永福不禁抬起头朝门外看。一张脏兮兮的脸，一头乱蓬蓬的头发，一身破衣烂衫，不过看得出是一个女人。福贵瞅着永福，邀功似的摇着尾巴。

这是一个逃难过来的女人，家乡发了大水。女人洗了澡，穿了一件青衣（那是永福去世的老婆留下来的衣裳），抬起水汪汪的眼睛望着永福。不知怎么回事，永福的心一下子变得很轻很轻，仿佛跌到了云团里。那个女人，看起来多像是梦中那个苞谷姑娘。

女人在永福的屋子里住了下来。永福唤她青衣，她也“哎”地应了。于是永福想，是不是自己跌到了梦境中。他拧了一下大腿，醒了过来，月光下，他看见青衣的那张皎洁的脸，蝴蝶似的抖动的睫毛，多么美的女子。

从此，永福捕鱼更勤快了。他和福贵每天起早贪黑，去石臼漾的芦苇深处。有一天，永福捕到一条大鱼，去集市上卖了钱，给女人买回一只银手镯。见了女人，却是讷讷的。

福贵在一旁替他干着急。永福磨蹭了半天，终于鼓足勇气，把手镯掏出来套在了女人的手腕上，憋出一句话："青衣，当我的媳妇吧。"

女人害羞地低垂着头。

老天送了鳏夫永福一个女人。这桩事情，在村子里传得沸沸扬扬，都说是黄狗福贵牵来的姻缘。

不过，有一天，青衣还是从村庄里消失了，仿佛她从未来过，仿佛她真的只是永福的一个梦。

永福一夜之间变老了，背也驼了，只有福贵，仍旧不离不弃地陪在他身边。

我家也养了一条黄狗，名字叫小白。它比起福贵来，当然要逊色许多。它既不会捕鱼，也不会带一个女人回来，当然，它要是带一个女人回来，准保让我妈一脚踢出去。

我妈在帽子厂上班的时候，一个人不敢走夜路，由小白负责在上夜班时把她接回来。别看小白平时懒洋洋的，到了我妈下班的钟点，会像上了发条似的跳起来，一路小跑到帽子厂门口。看见我妈从女工堆里走出来，它会摇着尾巴迎上去，然后跟在我妈身后，一路小跑着回来。后来村子里打狗，小白被打狗队的人给打死了，我妈伤心得好几天一粒米也吃不下。

深夜若是有陌生人走在村子里，脚步声再轻，也会惊醒在睡梦中的狗。一只狗叫了，全村的狗都叫起来，等那个陌生人走远了，狗吠声也渐渐安静下来。只有月光落在瓦片上，像覆着一层薄薄的雪。

夏天的夜晚，从姑妈家回来。经过青龙港祖宗的坟地，四周静悄悄的，一点儿声音也没有，心里就无端感到害怕。这时候，远处的狗吠声听起来异常亲切。要是小白听见我的脚步声，一定会像箭一般地从黑暗中射出来。

清晨我和弟弟去上学，小白照例也要送我们，一直跟着我和弟弟到学校门口，才恋恋不舍地返回。村子里有顽皮捣蛋的小子骑在黄狗身上，嘴里还“驾驾”喊着，他还以为自己骑的是一匹小马驹呢。

两个冤家小子狭路相逢，跟在他们屁股后面的两条黄狗，也相互毫不示弱，龇着牙，红着眼，只等小主人一声令下，就扑上去厮打在一起。回到家黄狗和小子都得挨一顿臭骂。

永福家的福贵，长得很是高大威猛。和驼背的永福走在路上，感觉会比永福还要高出一截。幸亏它这么多年一直陪伴着永福，不然一个鳏夫的日子该有多难熬啊。

想起在《边城》里，爷爷和翠翠也有一条黄狗。那狗极其懂事，仿佛能知晓主人的心事，能读懂人情世故。爷爷和渡船在一个狂风暴雨的夜晚离去了，只留下翠翠和黄狗。黄狗陪伴在翠翠身边，眺望着山的那头，等待着那个人的出现。

蜻　蜓

蜻蜓从晚霞中飞出来。飞过青龙港的草甸、池塘，在村子上空盘旋了一圈，吃饱了蚊子、蜉蝣，就又飞回到河对岸的草丛里去了。

这是青龙港的夏天，乌云还在河滩上翻滚。那轰隆隆的雷声，像谁驾着一辆马车，从遥远的天边赶过来；又仿佛一个大力士，擂响了大地这面鼓。

雷雨将来之际，村子里的蜻蜓仿佛听到了谁的召集令，从草堆、树梢和池塘后面的芦苇丛里迅疾地飞出来，密密麻麻的，好似一团会嗡嗡地发出声音的乌云。

小孩子抬起头，望着天上的螺旋桨，不禁心驰神往，老师刚在课本里教了他们一个新词语“飞机”。听说科学家发明飞机，就是从蜻蜓的螺旋桨里找到的灵感。

飞机是什么样子的？小孩子盯着蜻蜓好奇地想。村子里可从来没有人坐过飞机呀。只有在天上看到一条长长的白线，大人们叫它飞机线。

小兔子说：“我长大了要坐飞机去北京。”

“这有什么稀奇，我在长大了要坐宇宙飞船去月球。”二狗哥说。这一次又是二狗哥说话占了上风。

村子里的人不怎么看得起小兔子，因为小兔子的爹在挖地沟时挖到过吕有财家的一瓦罐元宝。虽说不是偷的抢的，可这与偷抢没有啥不一样。

要说这事也怪不到小兔子，可谁让小兔子是他爹的儿子呢。

蜻蜓可不晓得小孩子之间的这些恩怨，它们绕着稻草垛、芦苇丛，穿过暮色里的薄雾，飞进了连寿家的后园子。

连寿的女儿蜻蜓，一个人坐在板凳上发呆，她的妈妈躺在了青龙港的坟地里。那时，她不过才五六岁吧，爸爸躲在帐子里不肯出来，不吃饭，不说话，眼睛直直的，盯着某个地方，好像也快要死掉了。蜻蜓急了，喊了隔壁的水荣嫂，水荣嫂请了赤脚医生，给连寿吊了几瓶盐水，把蜻蜓抱到他身边，说了许多宽慰的话，大约那些话一句也没落到他心上。

“爸爸，你快点好起来吧，以后蜻蜓会帮你做饭，洗衣服，照顾弟弟，就像妈妈一样。”蜻蜓紧紧攥着爸爸的手。

连寿的眼睛终于转到女儿身上，有点活泛之气了。第二天，连寿下了床，扛了一条扁担，出去找活干了。他不能倒下，家里还有一双儿女呢。蜻蜓呢，也很懂事，小小年纪就学会了做饭，洗衣服，照顾弟弟，就像她答应爸爸的一样，当起了这个家的小的妈妈。

蜻蜓是青龙港嗓子最好的小女孩。

音乐课上，老师选蜻蜓当课代表，蜻蜓和着风琴唱歌，走廊上走过的老师都会停歇下来，静静地聆听。

六一节，老师让蜻蜓上台表演节目。蜻蜓绞着双手，咬着嘴唇，好半天没有说话。

老师有点生气了：“多少同学想上台表演节目，我都没给他们这个机会。”

蜻蜓的眼睛就有点潮湿起来。她当然想上台表演的呀，可是，她没有上台的衣服和鞋子。

晚上，蜻蜓在屋子里写日记，她写道：“妈妈，我多么想你可以送我一件六一礼物，一条新裙子和一双新鞋子呀。”

蜻蜓迷迷糊糊地睡着了，醒来的时候，太阳快要照到她的身上了。她睁开眼睛，发现枕头旁有一条雪白的裙子，还有一双粉红色的塑料凉鞋。蜻蜓使劲揉了下眼睛，千真万确，这是她昨天日记里想要的两样东西。

难道是妈妈显灵了。

爸爸笑嘻嘻地进来，问她喜不喜欢六一礼物。

原来，是爸爸送的呀。

六一那天，蜻蜓成了舞台上最耀眼的明星。她的歌声就像云雀一样好听，台底下的观众把手掌都给拍红了。

你知道蜻蜓经常唱的一首歌是什么吗？

猜对了，就是那一首《晚霞中的红蜻蜓》。

晚霞中的红蜻蜓，你在哪里哟，童年时代遇见你，那是哪一天？

很多年以后，当上了歌手的蜻蜓，仍旧最爱唱那一支歌。

南瓜记

那天去一个山里的小村子，看见老房子的屋檐下堆着南瓜，一只只约略有脸盆那么大。那些老南瓜，红彤彤、金灿灿，本来是随意搁在那里，一不小心成了装饰品。

我们住的那一户人家，女主人是个很利索之人。见我们围着那堆南瓜，二话不说，就抱了一只，大卸八块，煮了一锅老南瓜。老南瓜贼甜，有一股蜜糖的滋味，端上来，香气四溢，一拨人争先恐后，呼啦啦一下子就抢光了。

想起小时候在乡下，我家屋后的空地上，春天时奶奶种了几株南瓜秧，爬出绿油油的藤蔓，等到那阔大的、毛茸茸的叶子爬满一垛墙的时候，花就开出来了，是那种硕大的、金灿灿的花，一朵一朵，十分招摇。渐渐地，那花骨朵掉落，结了拇指大的果子。于是，天天盼，盼着那果子快点长大，好摘下炒油盐南瓜。

所谓油盐南瓜，就是把嫩南瓜摘下来，挖掉瓤，切成薄片，放到热油里炒一炒，放一点盐，再撒一把葱花，那滋味真是好极了。这是乡村餐桌上的一道经典菜。

乡村的餐桌上，无非四时蔬菜：炒春韭，小青菜，豆角，茄子，丝瓜。

刚摘下来的小青菜，叶子碧绿，看起来还会抖一抖。炒好了端上桌，我妈总要叹息一声，瞧这菜还是活的。夹一筷子，果然很有青菜的味道。吃了小青菜，人呼出的气息都是洁净的，一颗心也素净起来，难怪那些念佛的老太太要吃素。

小孩子才不，一味贪恋着鸡鸭鱼肉，世上一切浓稠之味。实在没有肉吃，那就来一碗香喷喷、甜丝丝的老南瓜。

那个青葱的南瓜，挂在故乡的草垛上，渐渐地，秋风起，树叶黄，南瓜也黄了。摘下来，骨碌碌像推车轮子一样推回家。一边推一边想，要是手中有仙德瑞拉的魔法棒，使劲一挥，这老南瓜大约就会变成一辆金光闪闪的马车吧！

童话始终是童话，老南瓜还是那个老南瓜。胡乱堆在屋檐底下，白的墙，黑的瓦，蓝的天，还有一枚气息奄奄的老太阳。

奶奶支起一口大锅，把老南瓜切成两半，掏出籽，晒在竹匾里。再把南瓜切成几大块，放在锅子里煮。南瓜熟了，先飘出香味，丝丝缕缕的，勾出了孩子们肚子里的小馋虫。几个脑袋凑在锅子前，争相抢那个南瓜柄，据说南瓜柄上的肉最糯，最甜。其实呢，起锅前奶奶偷偷撒了一把桂花，这一大锅桂花南瓜，甜到有点齁了。入口有淡淡的花香，在舌尖上轻轻一转，滑进胃里，简直回味无穷。

有时，奶奶一大早起来，会煮上一锅南瓜粥。把老南瓜削去皮，切成丁，再撒一把白米，煮至烂熟。揭开锅盖，闻到一股浓浓的甜香味。奶奶的牙齿掉光了，顶爱喝这种粥。

记得奶奶去世前的一个晚上，吃的就是老南瓜。她端着碗，站在廊檐下，一碗老南瓜吃罢，天色将暗，她进屋去睡觉了。这一觉睡去，竟再也没有醒来。

“老太太昨天还是好好的呀。”我妈逢人就念叨着。奶奶那么健康的人，怎么说走就走了呢？只有爷爷心里明白，奶奶借给了他十年阳寿。有一年，爷爷生了病，请了神婆。神婆念念有词，说是须从奶奶那里借十年阳寿，爷爷的病才会好，奶奶毫不犹豫就答应下来了。

一个人心中究竟有多深的爱，才会愿意把自己的寿命借给别人，也许只有爱到骨子里，才会为了他，连生死都不再惧怕吧。

奶奶的墓就在青龙湾。第二年，爷爷在墓旁的空地上种了几株南瓜秧。几场春雨以后，绿色的藤蔓渐渐地爬上墓碑，开了黄花，结了青果。

那一年秋天的老南瓜，结得格外多，格外大，爷爷像滚车轮一样把它们滚回家，堆在廊檐下。

它们要陪伴爷爷，度过余下的时光。

落水记

有一天，我骑着自行车去上学，眼看快到学校门口了，车龙头一歪，竟然连人带车翻到了学校旁边的一条小河里。说实在的，落水的那个瞬间，我念叨着完了完了，我可不会游泳啊，这回可非要淹死不可。

但奇怪的是，一落到水中我就站了起来，我发现水一点也不深，才没到膝盖。我扒着河岸上的石头一骨碌爬了上来，居然毫发无损。

这时，一个男同学恰好经过，看见我的狼狈相哈哈大笑。我低头瞅了瞅自己，白色的毛衣上，沾满了青苔和浮萍，甚至头发上还挂了一根长长的水草，不由得落荒而逃。

不知啥缘故，那条小河里经常有人落水，好端端走着，仿佛被谁推了一下，人就掉到小河里去了。因此有人就疑心是落水鬼捣的鬼，暗地里一查，还真查到一宗。

说是怀家埭有个五六岁的小男孩，掉到水里淹死了。这么说来，就是那个小男孩捣的鬼，大约是小男孩力气不够大，所以呢，掉到水里的人自己都能爬上岸来。

这个说法未免令人有点毛骨悚然。

不过信的人并不多，尤其是我们这些唯物主义的中学生。我仔细留心察看了一下，学校背后那条小路本来就十分狭窄，快到校门口的地方恰好有一个弧度，一不小心，车把一偏，人自然就很容易就掉到河里去。

世界上哪来的鬼呀，都是人自己臆想出来的罢。

奶奶却深信不疑。夏夜里，奶奶一边摇蒲扇，一边跟我们讲鬼的故事。说是有个摇船的，半夜经过一个村子，听到水底下有人在磨豆腐，第二天，那个村庄里就死了一个人。又说，有个怀孕八个月去世的女人，埋到了棺材里，过了两个月，有人听到坟地上传来婴儿的哭声，还看见一个女人，长长的手指甲当调羹，喂婴儿吃米粉。

听得人汗毛竖立起来。

至于那水鬼，奶奶说，长得极美，站在水中央，冲岸上的人招手，不然村子里的那个小伙子，怎么好端端的就投了水呢，就是被那个水鬼给迷惑了呀。

那田螺姑娘是不是个鬼？

当然不是啦，奶奶撇了撇嘴说，田螺姑娘是个女神仙。迷信的奶奶，从不吃田螺，甚至见到田螺还会拜两拜，奶奶还会拜盘在碗橱里的水蛇，说那是家蛇，保佑祖宅平安。

也拜灶神、门神、二郎神、关公、土地爷，各路大小神仙。既然得到了神仙们的庇佑，自然小鬼就不敢欺负到她老人家头上啦。

奶奶信奉“人做事，天在看”。这个天，大概指的就是神仙。奶奶从不杀生，茹素，无病而终，亦是一个有福气的老太太。

到底做好事会不会得到福报呢。

有一次，一个朋友跟我谈起，他曾经救过一个落水的人。那时他才十五六岁，经过一个池塘，看见有个东西在动。他是近视眼，看不真切，凑到近处，只见水面上伸出了一条胳膊，原来是个人。他立马跳了下去，那个人紧紧抓住他，眼看两个人都要淹死。混乱之中，也不知他怎么挣脱出来，把那个人推上岸，自己也爬上了岸。

有人问他，为什么会救人。他摇摇头，一脸惘然，并非刻意要去救人，不过只是一种本能。

多年以后，他的老婆生孩子，挂青霉素。他回家去拿东西，走到一半，不知怎么心里咯噔一下，好像听一个声音在说，快去看看你老婆。朋友立马折回医院，看到他老婆朝他似笑非笑，神情异样，他惊呼大事不好，急忙喊来医生，这才救回老婆一命。

朋友半路听到的那个声音，会不会就是他的福报。

另有一个朋友，跟我说起他十来岁时，有一天和邻居小伙伴去小河边玩耍，两个人都掉到小河里去了。他不知怎么爬了上来，一点事情也没有，那个小伙伴呢，呛到水，被送到医院抢救。他瑟缩地躲在屋子里不敢出去，大人们也用指责、疑问的目光看着他，为啥只有他好端端的呢，他多么希望，自己也能被送到医院去抢救。

幸好，后来那个小伙伴转危为安。可是他一直觉得亏欠了那个小伙伴，及至多年以后，他当了一个部门负责人，那个小伙伴来找他，想为女儿谋一个工作，他想都没想就答应了下来，仿佛这样才可以偿还当年欠下的债。

关于落水，前几天，我还听到我爸说起一桩事。说的是附近村子里的两个十六岁少女，都是单亲家庭，一个爸爸是个赌鬼，女孩向爸爸要生活费，爸爸不给，还骂了她一顿。另一个，爸爸娶了继母，那天回家，爸爸和继母吵架，继母把一桌饭菜掀翻了。两个女孩子，一边哭，一边打了电话，约好一起去跳河。据警察调来的监控显示，她俩手拉手，微笑着纵身从一座桥上跳了下去。

既然死都不怕，又何惧活着？

也许是实在对这个世界失望透顶，找不到一条生路，内心又太敏感脆弱。亲爱的女孩，只要再忍一忍，很快就长大了，外面的世界这么宽阔，何必让心灵只囚禁于那黑暗狭窄的一个角落？

世上有多少跨越不过的艰难险阻，就会有多少大道坦途。

有多少悲伤的时刻，就会有多少欢笑的日子。

所谓阴阳相生，否极泰来。

就好比非要抵达峡谷底部，才可以领略那幽静迷人、空旷绝好的景致。一个人降临到这个世上，吃了很多苦，经历过很多的疼和痛，实在没法子的时候，若仍能咬咬牙坚持住，一步一步往前走，也许有一天，就能走到人生的豁然开朗处。

八月桂花香

听说满觉陇的桂花极香。

满觉陇，初听这名字有点丈二和尚摸不着头脑。据说是因了有一座晋代的寺，至北宋，改了名字：满觉院。满觉啥意思？就是圆满的觉悟呗。

据说那一座山寺旁，沿途的小径上，总共栽了七千多株桂花树。桂花开时，纷纷如雨，故有满陇桂雨之称。

想必，那样的画面是极美的。

秋天，最美之事，莫过于桂花开了。起先那香气还是幽微的，若有若无地钻进鼻子里，要循着香气，才能觅到那一株桂花树，伫立在人家的庭院里。那一个小小的庭院，因了一株桂花树，变得雅致起来。

不过几天工夫，忽而就开得铺天盖地了。小区的园子里，马路上，巷子里，弄堂深处，到处都是桂花的香气，简直满城尽是桂花香了。

人走在香气里，一颗心也变得多情而温柔起来。

八月桂花香。

我爸在院子里摘桂花。粗粝的掌心中，一捧淡黄色、娇柔的花朵。我家的小院里，栽了许多树，橘子树、石榴树、海棠、桂花。皆为我爸所栽。

桂花开了，我爸打电话说，闺女，回来不？

好啊。

好像我回去是看桂花的，不是看我爸。

这香气闻着叫人要醉呢，我爸说。

可不是嘛，满院子皆是桂花的香气，使人沦陷在一场秋天的迷魂阵里。

人间有味是清欢。清欢两个字，说的就是桂花吧。桂花的香气，清新、淡雅、清冽、素净。仿佛雨后的青草地，恋人身上的芬芳，闻之使人喜悦、安然，继而生出沉醉之心。

捡几朵桂花，藏在衣服袋子里。走到哪里，香到哪里。

我爸搬了一只小板凳，在廊檐下晒桂花。金色的花朵，很快萎缩成一团，变成黄褐色。

晒干的桂花，可以泡茶，取一小撮，放进青花瓷杯。萎谢的花朵，忽而绽放开来，犹如一个梦。

秋日宜喝一盏桂花茶。香味浓郁，汤色明亮。据说古代宫妃御女服用桂花茶，身上会散发一股淡淡香气，故而称之为“香身”。

在桂花树下，泡一盏茶，与两三知己，慢慢地喝，细碎的花朵落到茶盏上。

这样的日子，是我所欢喜的。

那天回乡下，在千亩荡畔的一座露台上喝茶。给我们泡茶的是一名居士，大家叫他本证师兄。师兄穿一袭布衣，随身携带了一只布袋子，里面装了一套陶瓷茶具。取出来，分别是六个茶杯，一罐茶叶，一块木头，一束檀香。先净手，摆茶船（那块木头），再焚香。

袅袅青烟中，师兄沏了一壶茶。几个人慢慢地喝。顷而下了一场雨。师兄说，天赐良茶，遂捧了杯子去屋檐下接雨，状若顽童。

周作人在《雨天的书》中写道：“喝茶当于瓦屋纸窗之下，用素雅的陶瓷茶具，同两三人共饮，得半日之闲，可抵十年的尘梦。”

那么，且喝了这一壶茶吧，既得了这半日之闲，还有十年的尘梦。

仍旧来说桂花。桂花可以做许多吃食，譬如桂花糖、桂花酒酿、桂花糕。

桂花糖：小时候的吃食，由货郎挑着担子挨家挨户叫卖，现在已经不见了踪影。

桂花酒酿：一只蓝边碗里，几朵桂花浮于晶莹剔透的酒酿之上。单是看着就已经令人醉了，若是再吃上两盏，恐怕就飘飘然不知东南西北了。

桂花糕：旧时光里，一只长方形茶几上，搁了一只提篮，提篮上盖了一块蓝印花布。揭开布，只见里面摆了四个碟子，每个碟子上各有一块切成菱形的桂花糕。

桂花糕是如何制作的呢：把糯米蒸熟，用木槌捶之揉之，压成四四方方一大块，上面撒一层桂花，摆在案板上。想吃时，就切下一长条，再切成小块。

再好吃的东西，吃多了也会起腻，只有桂花糕除外。

我是极其爱吃桂花糕的。每次去逛月河，都要买上一块桂花糕。抱着一块桂花糕，走在青石板的小路上，以为自己是倾国倾城的女子。

我认识一个名字叫桂花的女子，身形修长，体态妖娆。桂花之名，似是与她毫不相干。但桂花与她，分明皆有一股清冽之气。

也许桂花吸引我的，便是这一股清冽之气吧。

桂花簌簌开放时，才始知秋天已至。

人生无非几十个秋天，几十场桂花开，桂花落。

桂花落时，秋天已经寂寥。天地间充斥着一片肃杀之气，满地黄叶堆积，风一卷，飞到半空中去。

早上醒来，揽镜自照，头顶上冒出一根白发。起先还甚是惊心呢，不曾想，这一根白发冒出来之后，继而是一茬茬，再也止不住了。

瓦　罐

端午去逛月河街，在一家瓷器店遇见一只瓦罐。土黄的釉，裹着矮矮胖胖的身子，好个木头木脑的家伙，我对它一见倾心。

仿佛那些深埋在光阴里的芍药，沿着这只瓦罐又回来了，一朵接着一朵，次第开放。

一颗喑哑的心，多么像那时候的我，爱过，也痛过。

乡下的屋檐下多的是这样的瓦罐，里面盛满了混浊的雨水。雨还在落下来，滴答滴答，好似日子的针脚。我的昨天去了哪里，谁能告诉我呢。

瓦罐不说话，作为一件器物，它恪守自己的职责，接受命运的造化。有人把它扔在杂物间，它不吭一声；有人把它埋没在尘埃里，它毫不气恼；有人把它当宝贝捡了去，洗净后，摆在客厅的博古架上，它也淡然视之。

在乡间，一只瓦罐有一只瓦罐的妙处。祖父用它腌盐荠菜，摘下春天的菜心，洗净晒干以后，撒上盐，封存在瓦罐里。盐荠菜黄了，熟了，切碎了拌点小红辣椒，特别下饭。

至于用瓦罐制作臭豆腐，那也是祖父乐此不疲的事。割一把野苋菜的秆子，泡在有盐荠卤的瓦罐里。放置三五天，等苋菜化成了卤，把白豆腐扔进去，隔半天捞出，撒上葱花、姜丝，倒一些菜籽油，煮饭时蒸一蒸，揭开锅子，有一股浓郁的臭味儿，可是吃起来香极了。

我以为瓦罐会变魔法。它还会变出什么呢，蘑菇、豆角、泡菜，日子的陈酿，还是一坛银圆？

那天在饭桌上听朋友讲一个故事。说的是他小时候在村子里打鸟，有一处绝好的地方。那是一块空地，瘌痢头似的，只长出几株小草。大人们说那是一片火地，有邪气。堆在空地上的柴垛，雨天会无缘无故着起火来。据说从前那火地上有户人家，造房子时挖到了三坛银圆，用掉了一坛半。隔年，这家的老爷子就犯起咳嗽病。问病寻医了十多年，等把剩余的一坛半银子用完了，老爷子的咳嗽病也奇迹般地好了。村里人说，这家人祖上积的德，只够得一坛半银子。

后来不知那户人家的房子怎么着的火，那家人的后裔，如今又流落到了哪里，也许只有那蒙在尘埃里的三只瓦罐知道了。

再来说一个瓦罐的故事。记得我在乡下教课的小学校后面，有一户人家，两层的木楼，带着个园子。不知怎么进去过一回。低低的天井，种着几株芍药，有一股荒凉之气。

芍药下卧着一只瓦罐，两只玲珑的耳朵，我的心忽然突突地跳起来，好像在什么地方已见过这东西似的。我问主人可否将瓦罐卖给我，主人却不肯，他说这瓦罐在荒芜的园子里，闲散久了，一定不愿意再受拘谨。

心下释然。那个清癯瘦长的主人，他说得多好呀。可以守着一座园子，静静的光阴和流年，还有钟情于它的主人，这难道不是这一只瓦罐天大的福分吗。

住在乡间的日子，现在想来，有点像世外桃源，只是当时并不自知。夕阳里穿过紫藤长廊，小操场，锁上木樨斑驳的旧铁门，心下便有些怆然：要在这鬼地方待多久呢。

难不成要变成隔壁那个絮絮叨叨的陈老师。陈老师满头白发，夏天里也穿着一件旧棉服，听说她无儿无女，她像一只倦鸟似的，守护着孩子们。孩子们像一方方雁阵，从她怀里飞走了，她也患了老年痴呆症。人世恍如一场春梦呀。

春梦无痕，然而留在我心底那些微微的悸动，到现在仍不能平息下来。对一枚叶子，一朵花，一只瓦罐如此；对一个人，亦是这样。

甜酒酿

一只搪瓷脸盆，盆底上描着牡丹。

盛夏，祖母在灶台上忙碌。锅子里煮了一大锅米饭，盛在搪瓷盆里，略微还带点余温。祖母拿了一颗酒药，用木刀柄拍碎，碾成粉。

夏天刚来，就有穿藏蓝色斜襟布衣裳的老婆婆，背着一只布袋子，挨家挨户卖甜酒药。甜酒药是老婆婆自己做的，搓成珍珠大那么一颗。

“甜酒药要哇，甜酒药哟。”老婆婆咧着没牙的嘴，脸皱得像一枚核桃。祖母取出几个硬币，招呼我去买甜酒药。

一颗甜酒药，可以做好几搪瓷盆酒酿。

酒药拌在米饭里，米饭仍是白白的。

祖母在米饭中央挖了个洞，盖了一条毛巾，藏在衣橱里。

搁上半天，渐渐就有香气从衣橱里传出来。

小孩子的鼻子灵敏，很快就循着香气找到了甜酒酿。打开衣橱，从旧衣服堆里抱出搪瓷脸盆，掀开毛巾，凑近一看，哎呀，米饭上长出了白毛，沁出了清亮的汁液。

白米饭软乎乎的，于黑暗中经历了神奇的变化，或者是某种魔法。总之，这时候，那一盆白米饭早已不是白米饭了，它变成了甜酒酿。

祖母晾了温开水，倒入脸盆。再搁上半天，甜酒酿可以吃了。

祖母拿一只蓝边花碗，给我们一人舀一碗。

我们家几乎每个人都爱吃甜酒酿。不过说起来，最爱吃甜酒酿的还是我。有一次，我一个人吃了半脸盆，结果呼呼大睡。母亲见我脸红彤彤的，怎么也摇不醒，还以为我生病了，有点着急起来。

祖母说，没事，小橘子一定是偷吃了甜酒酿，过一会儿就好了。

果然，过了一会儿我醒了，一骨碌爬起来。

我一直以为自己不会喝酒。有一次单位聚餐，不知不觉，喝掉了一瓶红酒。众人的目光齐刷刷看着我，以为我是酒神。大约是小时候吃多了酒酿的缘故，锻炼出了酒量。

不过，也有喝了两杯就晕晕乎乎，脚软绵绵的，好像踩在云朵里的经历。那多半是失恋、心情不好的时候。是自己想要喝醉，所以就喝醉了。醉了就什么都忘记了呀，醉了就不会觉得那么难受了。

醉且醉了，与白云一起醉，与落霞和孤鹜一起醉。

对酒当歌，人生几何。那些愉快的不愉快的事情，何必要苦苦记忆？

那一碗甜酒酿，随着时间的流逝，在记忆里发酵，滋味越发香醇浓厚起来。

祖母去世已经整整二十年了。乡下那个卖甜酒药的老婆婆也早已不见踪迹。

我想念祖母，想念那一碗甜酒酿了。

弟媳托人给我捎来了两包甜酒药，产自苏州。

我煮了一大锅米饭，按照几十年前祖母的法子，用刀柄把酒药拍碎，碾成粉，撒到米饭里，盖上保鲜膜，放在厨房的大理石搁架上。

女儿总要踮起脚尖，揭开保鲜膜，看看甜酒酿熟了没有。

我总是训斥她，着急啥，要有点耐心好不好。

我忽然想起小时候，祖母曾告诫我，心急吃不了热豆腐。

要像等待一枚果子成熟那样，等待一碗甜酒酿，在时光中渐渐长出香气。

世上的事情，只有等待才会圆满。

一碗甜酒酿如此，幸福大约也是如此。

两盒月饼

女友送来一盒月饼，大红色的铁盒子，里面齐齐码了四块月饼。

每一块月饼上，贴了一块牌子：焦糖玛奇朵、芝麻、杧果、榴梿。这一盒月饼，是女友自己做的，女友开了一家烘焙店。这不，中秋节到了，做起月饼生意来。

这一盒月饼售价二百多块钱，算起来，每一块要五六十块钱。现在的人真舍得吃，一块几十块钱的月饼，三口两口就吃进肚子里了，一点也不心疼。

小时候可不是这样子的。小时候，中秋节这一天，我们很少吃月饼，中秋节的月饼是送人的，一只大红色纸盒子，里面摆着八块月饼，像八枚月亮。

天上的月亮是摘不到的，盒子里的月饼，我们也是吃不到的，两盒月饼要送给两个舅妈。

送外婆的，是一扎牛皮纸包裹的散装月饼，有芝麻、椒盐两种味道，外婆特别喜欢吃。其实么，我晓得是因为价格便宜，外婆才故意这样说的。

当然是盒子里的月饼好吃。盒子里的月饼有豆沙、莲蓉、伍仁和百果几种馅料。焦黄色的皮上，印了大大的字样。想吃什么口味，只消看一下印的字样就知道。

一个人小时候的口味，大抵会影响他后来的一生。至今我仍觉得百果味的月饼最好吃。

既是百果，当然放了很多果仁，核桃、花生、杏仁、瓜子，还有红丝绿丝（一种切得细细长长的果脯）。我们要在过了中秋节以后，才可以吃到百果月饼。

中秋节一过，店里的月饼就降了价，价格几乎比原来便宜了一半。第二天一早，母亲上街去买了八块月饼回来。

十五的月亮十六圆。反正十五吃月饼是这个味，到了十六吃，还是这个味。况且，晚一天吃，还可以多吃四块月饼呢。

所以，我们家十六才过中秋节。

吃月饼的时候，柿子也上市了，母亲顺带着买了几斤柿子。红彤彤的柿子，装在一只白瓷盘子里，和月饼一起摆在院子里的小桌子上。

月光白白的，洒在院子里，像洒了一层霜。

举头望明月，低头思故乡。露从今夜白，月是故乡明。母亲总要让我们先背诵几首古诗，这才不慌不忙切月饼。

一块百果月饼，放在青花瓷盘里，母亲用刀切成四份，一家四口，一人一份。那时候吃月饼，真有仪式感啊。

那时候，日子多么寂寞，我们盼望着过节，只要一过节，日子就热闹起来。许久不走动的人也走动起来了。

在我们家，这一天要来一个不速之客——我的小婶婶。小叔叔和小婶婶吵架，一气之下喝农药自杀了。于是，小婶婶成了我们家的仇人。奶奶一直不肯原谅她。每年到了中秋节，小婶婶提着两盒月饼上门，我猜她是来负荆请罪的。

不过她身上并没有背荆条。她轻轻去敲奶奶房间的门，奶奶没理睬她，也不开门，小婶婶在门外站了一会儿，喊了声，“妈，我走了”，然后把月饼放在门口走掉了。我们躲在门后面，看着小婶婶离去的身影，她的身影多么秀丽呀。

等小婶婶走远了，奶奶这才慢腾腾打开门。奶奶拆开一盒月饼，冲我们招招手：过来吧，每人一个。

另一盒月饼，被奶奶藏在衣橱里，要到很久以后，有一天打开柜子晒冬衣时，才发现衣橱里还藏了一盒月饼，只是那盒月饼已经变得像石头一样坚硬了。

衣橱的抽屉里，还藏着小叔叔的日记簿。奶奶搬了一把竹椅，坐在廊檐下，央我念小叔叔的日记。

“某月某日，某某欠了一块钱。”

念到这里，奶奶着急起来，到底是谁欠的谁。

哎哎，奶奶怕小叔叔欠了别人的钱没还。我说，好像是别人欠小叔叔的。

奶奶这才眯缝起眼睛，继续听我念日记。

小叔叔的字迹清秀、端正，像个女孩子。可是我已经想不起小叔叔的样子了。

奶奶说 ，小橘子，你小叔叔心思敏感、纤细，千不该万不该的，我不该让他入赘到别人家里，他受不了气哟。

我暗暗想，怎么小叔叔和我这么像？我的心思也敏感、纤细呀，并且一点气也受不了。

这么多年过去了，我仍一直记得，中秋节那天，奶奶拆掉月饼盒上的红丝带时，枯藤般的手，忽然停顿了一下，奶奶抬起袖子，悄悄擦了一下眼睛。

这一天，因为小婶婶的到来，奶奶又想起了她的小儿子。

我希望小婶婶永远不要来。尽管，我是多么想吃一只百果月饼呀。

我的心愿终于实现了。小婶婶后来嫁了人，从此不复来我家。

我最后一次看到小婶婶，是在奶奶的葬礼上，她哭得像个泪人。

不晓得奶奶有没有原谅她。

世上的是非恩怨，谁又能说清楚呢。

现在，每年过中秋节，不过只是象征性地吃一点月饼。

月饼不再是什么稀罕的东西。

世上稀罕的东西，大抵已经不多了吧。

第四辑

鲜艳与天真

鲜艳与天真

父亲的小院里栽了一株月季，花只开了一朵，玫红色，映衬着古朴的墙，显得格外鲜艳。不知何故，这乡间小院，一株独开的月季，令我情思翩然。

我从这小院里出生，在我很小的时候，这小院已经在了，转眼过去了三十多年，这小院依旧在。只是面貌稍微改观了一些，砌了一只花坛、一堵围墙，围墙上安了不锈钢栅栏——栅栏外，几亩荷塘，映着天光云影。栅栏是弟弟特地去城里觅来的，说是时髦。砌了门楼，装了一扇雕花铁门，门楣上挂了一盏四角形仿古宫灯，于是乎，小院有点深宅大院的况味。

有点不应景的是那个车棚，由一间猪舍改造，四壁糊了天蓝色的塑料纸。里面泊着弟弟的小白马——牌子是北京现代，带天窗。弟弟对这辆小白马钟爱极了，不亚于宝马奔驰，方向盘上套了毛茸茸的套子，每次开车，弟弟都要洗干净双手，就差焚香沐浴了。弟弟在镇上一家工厂当机修工，他每天开着小白马，招摇地穿过街市。

弟弟一日日意气风发起来，父亲却老了。父亲的老是从腿疾的频频发作开始的。年轻时，父亲就患有腿疾，但到底年轻力壮，病魔不敢肆虐。这几年，父亲的腿疾日渐严重起来，住了几回院，每次医生都嘱咐父亲管牢嘴巴，豆腐、啤酒、海鲜绝对不能吃。父亲委屈地说，我嘴巴不馋，这些东西一口都不沾，老酒也不喝了呢。

嗜酒的父亲，只是在家里来客人时，才端出一个小酒盅，象征性地倒上一点。父亲给客人添酒，自己的杯子空着，客人便说，四哥，给自己也添一点吧。父亲摆摆手笑着说，不添啦，喝了会腿疼哟。父亲的笑有一抹无奈和苦涩。我听见了心中只觉怆然。

有一阵，父亲嚷嚷着要去干活。村子里的老头子一个月可以挣四五千，现在钱多好挣呀，只有我一个人吃闲饭，父亲气哼哼地说。谁嫌弃你啦，我瞪了父亲一眼，父亲不吭声，偷偷去了厂子当保安。一天半夜，父亲打电话过来，说是腿疼得不行了，他去巡逻，刚走十分钟就觉得隐隐作痛了，就忍着，后来一瘸一拐，走回来时，已经下不了地了。我又急又气，把父亲劈头盖脸骂了一通。父亲躺在病床上一个劲唉声叹气，不过对干活一事彻底死了心。偶尔，父亲会说起村子里的老人：你天生叔，干活时摔了一跤，爬不起来，过路的人看见了，因是相识的，才过去扶他起来，内脏摔坏了，脚肿得像胖萝卜，还嚷嚷着要出院。你小明哥请了护工，一百六十块一天，瞒着他只说四十。亏得生了个小儿子，入赘到有钱人家，医疗费都是小儿子出。你小明哥，阔气哟，见人就扔中华烟。天生这老东西，还这么想不开，干啥活哟，倒添了恁多麻烦。

父亲去医院看望天生叔回来，唏嘘一番。这些个老弟兄，一个个老了，隔三岔五去城里住院。新荣叔脑梗，差点丢了老命，还好送得及时。在广州的女儿坐飞机回来，坐在床畔嘤嘤地哭。一帮老街坊，守在病房里。新荣醒来，嘴巴歪了，斜了，说话不利索了。老弟兄们笑，保住了命就好，转过头却悄悄擦眼泪，昔日英武的新荣，还是年纪最小的一个呢。

老了不中用了哟。父亲对他的亲家母说。他亲家母笑着说，亲家公哟，你说的是啥话，你看家里总得要个人不是，洒扫屋子，养鸡养鸭，种几畦菜，接送孩子，吃的鸡蛋、蔬菜哪一样不是托了你的福哇。父亲笑了，舒展了眉。父亲顶怕亲家不理解他。

父亲引以为傲的是小孙子，有一日，小孙子写了一张纸条，保证长大了养爷爷，接爷爷去城里住大房子，立此为据。父亲笑弯了腰，父亲说，爷爷哪儿也不去，你有这份心爷爷心满意足了。父亲存了几张存折，让小孙子看有多少了小孙子偷偷对父亲说，爷爷，我不告诉我爸你有钱。父亲笑了，爷爷的钱不就是你爸爸的钱呀 。小孙子说，不是，爷爷的钱爷爷自己留着用。父亲说，老吕家得了个好孩子哇。腿疼时，这孩子给我轻轻揉，揉着揉着似乎就没那么疼了。

父亲伫立在月季旁，鲜艳的月季，衬得他的脸饱经风霜。父亲穿了一件白衬衣，头发已经花白了。我给父亲拍照，父亲有些拘谨，整了整衣服，局促地冲镜头笑。镜子里的父亲，神情有几许羞涩和天真。

祖　母

慢慢地，一场雨接着一场雨之后，天就渐渐凉了下来。总归统共要下个十几场吧，等到树上的花朵熄灭了余烬，树叶黄了，虫声也就沉寂下来了。但仍有几只不安分的，在楼底下的草丛里喧响，唧唧复唧唧，仿佛祖母的一片机杼声。

祖母在廊檐下织布，天蓝蓝的，云朵白白的，宛如一帧旧照片。

但那一帧旧照片泛黄了，我的祖母，竟已经不在人世许多年了。廊檐下的那一把老藤椅，也旧了，空了。

祖母是在一个盛夏走的。那个盛夏，热浪滚滚，祖母去千亩荡里摸河蚌。那天傍晚，祖母摸回一大盆河蚌回家，养在一只木盆里。那些河蚌的个头真大呀，花纹极其富丽。

那天吃晚饭的时候，祖母说，小橘子，明天娘娘（奶奶）给你做雪菜炒河蚌吃。吃过晚饭，祖母还喝了一碗南瓜汤。回屋的时候，月光照耀着她的一缕白发，像白雪闪耀了一下——我不知这竟是祖母留给我的最后印象。

那天清晨，听到楼底下一片吵闹声。奔下楼去，只见祖母的屋子里聚集了一大堆人。祖母一动也不动地躺在地上。有人在打急救电话。

据说父亲发现祖母的屋子里亮着灯，觉得讶异，就走进去看看。平日里祖母很节俭，大白天从来不开灯。父亲说，大约天还没亮透的时候，祖父起来去喝早茶，吵醒了祖母，祖母随之也起了床，忽然感到一阵眩晕，一下子摔倒在地上了。

送到医院，医生诊断脑溢血，已无力回天。一盏灯说熄灭就熄灭了，昨天还去摸河蚌的祖母，说没有就没有了。那些河蚌还躺在木盆里呢。祖母明明说好了，今天给我做雪菜炒河蚌肉的呀。她说话不算话呢。

做过了五七，天气凉了下来，蝉声渐渐消隐了下去，我们的哀伤也慢慢平复了下来。只是偶尔走到菜地边、廊檐下，仍有点怔怔的。祖母呢，怎么没看见她呀，她去青龙湾锄地了吗，还是种小白菜？想了一会儿，才明白过来，祖母已经葬在青龙湾了呀，她是不会再回来的了。

祖母的墓碑，是当泥水匠的小叔叔砌的。墓碑上祖母的名字是我写的：周荷花。村子里谁还记得这个名字呢？他们都叫她阿弟家的。阿弟是祖父的名字。

遥想几十年以前，祖母还是一个娉娉婷婷、荷花一样清幽的女子，可是花无百日红——那一朵荷花，从亭亭玉立，含苞待放，到华丽绽放，有一天终于开到了衰败，熄灭了火焰，只留下一片余烬。

草木有春、夏、秋、冬。那么一个人呢，是不是也是这样，从蓬勃的青春里走来，渐渐走向壮年、暮年。

一日日，一月月，一年年，一生的光阴，就在流转的四季中飞快地消逝了。

现在，荷花已经萎谢，映衬着青龙湾的一池秋水——祖母的灵魂已经远逝了吗——还是依然徘徊在青龙湾呢？

但是一定有什么没有湮灭吧——比如祖母虽然死了，埋在那一个小小的坟包里了，可是，那一年秋天，那坟包旁的菜地，一畦小白菜长得格外鲜绿，祖父说，那是得了祖母的庇佑呢。

那一年冬天，下了一场格外大的雪，把青龙湾覆盖得一片白茫茫的，什么都看不见了。祖父穿了棉衣，拄着拐杖去看祖母，絮絮叨叨地告诉她，小三子回来啦，小嘎子去相了亲，正月里要办定亲酒呢，小月月生了个大胖闺女。

小三子，是我三姑姑，小时候送了人，祖母一直惦记着这个女儿；小嘎子是我堂哥，大伯家很穷，之前相了几次亲，可是一个姑娘也没看上他；小月月是我表姐，结婚多年，一直没生养孩子。听到这些个好消息，我想，祖母一定是欢喜的。

祖父的戒指

祖父有一枚戒指。有一年，他发了点小财，去镇上的金子铺打的，他戴上戒指，仿佛是个财主了，连走路也昂首挺胸起来。祖母顶看不惯他，揶揄道："瞧瞧，就这点出息，不就是手指上套个圈了吗。"

祖父是个泥腿子，一辈子和泥巴为伍。到晚年，他忽然摆起谱来了。他从家具店，拖回来两个旧沙发和一个断了脚的玻璃茶几，他从橱里找出一块黑丝绒，剪成屁股大两个圆，堵住沙发上的破洞，他还折了一根桑杆，缠在茶几腿上。这下，他跷起二郎腿，觉得自己真是个老爷啦。

祖母说："跟着你爷爷遭罪呀，我生你大伯，死老头划了船，到丽桥头，上了岸，只把我一个人接来了。划了一里路，才记起来，咋没接娃呢。"

祖父不紧不慢，折回医院，从护士手里接过孩子，还不忘给自己辩解："瞧我这记性，坏到家啦。"护士白了他一眼："没见过你这样粗心的爹。"

孩子一个接着一个生出来，总也不消停，祖父就有点烦了。他想，再这么生下去，要把一个家都吃穷了。他本来就穷，连生七个娃，就让他变成一个彻底的穷光蛋啦。他和祖母商量，得送掉一个才好。可以换点钱，还能省下一个人的口粮。

可送谁好呢，这可是个问题。祖父思量了下，还是送小三吧，小三是个女孩儿，女孩儿是赔钱货。再说，小三长得弱不禁风的。留在身边也干不了活儿。

于是，祖母含着泪，给三姑姑穿了一身新衣裳。祖父一个人，摇了船，送三姑姑出门。那家的爹和娘，给三姑姑吃糖，眉开眼笑的，祖父送到就掉头回家了，三姑姑不见了父亲，哭得昏天黑地的。可是，她才七岁的小人，哪认识回家的路呀，她只好留在了那家做女儿。第一年的日子还是好过的，养父还送她去了学堂，第二年，养母生了小弟弟，她就成了一个小妈妈了。她走到哪儿，就把小弟弟背到哪，书也念不成了。

祖父快断气的时候，三姑姑还记仇。可祖父比她狠，她不肯回来，祖父就不肯闭眼。三姑姑只好哭哭啼啼地回家了，祖父这才断了气。

祖父顶喜欢的大儿子，得了神经病。浑身疼痛，吃了很多激素，一个英俊的小伙子，忽然就发福了，活脱脱成了肉摊上的一堆肥肉。接着，小七也出事了。小七做了别人家的女婿，有一日，什么预兆也没有，喝农药自杀了。

祖父赶去的时候，七叔口吐白沫，艰难地朝祖父笑着："爹，我没事。"祖父破口大骂："你这畜生，给我丢脸哪，死了才干净。"七叔果然听话地头一歪，死了。祖父号啕大哭："小七，你真狠心呀，你不要爹了呀。你给我活过来呀。"七叔听不见了，就是听见了，他也活不过来了。

之后几年，祖父很消沉。他逢人就说："家门不幸呀。"活像个祥林嫂似的。

祖父穷了一世，到晚年，忽然转了运。有一日，他在水渠边捉到一只几斤重的乌龟，去集市上卖掉了。他用这笔意外之财，给自己打了枚戒指。

这是他一生唯一的戒指。他把它戴在右手的无名指上，再也没有取下来。他去世那天，大姑姑想把那枚戒指从他手上取下来，可它牢牢地卡住了，原来祖父不肯呢。

它仿佛存心要给祖父的一生画上一个圆满的句号。

妈 妈

我妈在帽子厂上班。一间潮湿闷热的车间里，终日踩着她的缝纫机。有一次我和弟弟去找妈，妈头也不抬。我对妈说，要两角钱，买棒冰吃。妈只拿了一角递给我。于是我只好买了一支棒冰，和弟弟两个人一人一半分着吃。

妈很抠门。另一次，爸给我买了一个铜做的汤婆子，回到家手还没焐热，就被妈抢了去，妈去杂货店和老板吵了一架，退掉了汤婆子，换了两个热水壶，让我哭了整整一个晚上。

每次我和弟弟吵架，妈都说，弟弟小，你是姐姐，要让弟弟。一天，再也忍受不了的我，赌气离家出走了，可是天黑了，没有人来找我。于是我只好自己走回家。我以为妈一定很着急，谁知，粗心的妈压根就没发现我不在家。

念书那会儿，每次家长会都是我爸参加的，妈从不来学校。每逢下雨天，教室外的走廊上站了许多女人，我从不朝她们望一眼，因为我知道，那些都是别人的妈。有一次，同桌大声喊我，小橘子，你妈妈来了。我头也没抬，别骗我。同桌说，是真的。我走到门口一看，是姑姑。

那天雨真大呀，姑姑一直搂着我。我泪眼蒙眬地问姑姑，我是妈亲生的吗？姑姑惊讶地看了我一眼，傻孩子，当然是啦。我咬着嘴唇，心里却想，可是姑姑也比妈要好呀。

去念师范时，除了第一次由爸爸送我去，每次离家，回家，都是独自一人。妈从来不到车站送我、接我。

谈恋爱时，妈说我不长眼睛，找了个家贫人丑的男友。我生气地冲她嚷嚷，穷一点丑一点怎么了，我就是偏偏要嫁给他。

结婚那一天，爸在一旁悄悄抹眼泪。妈却笑得一脸灿烂。

我以为，妈一点儿也不爱我，妈是没心的。

直到生孩子那一天，由于羊水太少，医生说有危险，要马上实施剖腹手术，进手术室前的那一刻，我看到匆匆从老家赶来的妈，一脸焦急。妈说，别怕，闺女，妈在呢。

听了这一句，我忽然泪如雨下，紧张、焦虑的心却出奇的安静下来了。

女儿出世以后，妈像换了个人。妈不再是昔日那个无情的妈了，妈变成了有爱的外婆。

妈用那台古董缝纫机，给女儿缝虎头鞋虎头衣，说是穿了这衣裳，可保四季平安。女儿稍大一点，妈每天抱她去小区散步，捉柳絮、荡秋千，和流浪猫说悄悄话。

一天，我看见妈带着女儿，在小区理发店门口骑电动马，一边骑一边唱："门前大桥下，游来一群鸭……"夕阳暖融融地照在祖孙俩身上。

我怅然叹息：妈何曾给过我如此暖融融的时光？

女儿念了小学，妈去小区物业当了保洁阿姨。我生妈的气，这么一把年纪了，还要折腾受累。妈冷了脸："嫌我干这个活，丢了你们的脸？"妈跟我说话仍是这么呛。

妈做这份工作真是开心，她甚至走起路来雄赳赳、气昂昂的，有时还哼着小曲儿。逢到节假日加班，工资发三倍，妈更是乐不可支。

妈攒了一些钱，给自己买了一只金手镯，也给我买了一只。妈在我生日那天，把手镯送给了我。

“妈，你这么破费干吗?”我嗔怪道。

“不喜欢就还给我。”妈有点凶巴巴的。

“喜欢喜欢，我晓得妈一直待我是极好的。”我连忙把手镯抢过来，并轻轻地抱了妈一下。

妈有点不好意思，她不习惯我的甜言蜜语，更不习惯我对她的亲昵，拍了一下我的手说：“死丫头。”

妈就是那么倔，从来不肯把她的爱大声说出来。可是，现在的我，已经懂得妈对我的爱。世上有哪个妈不爱自己的孩子呢。

当妈在帽子厂挥汗如雨地踩着缝纫机，妈已经倾其所有给予了我她的全部。因为那时妈的口袋里，只有一角钱。

当我存着小心眼儿，计较妈给我的爱不够多，甚至怨恨妈的抠门、无情与冷漠时，妈从未有过辩解。因为妈晓得，她那个敏感、脆弱、不懂事的傻丫头，终有一天也会变成妈。那时，她的傻丫头便会明白：天底下的妈，没有一个，不爱她的孩子。

爸　爸

说起我爸，小学一年级都没念过，只上了几个月夜校，会写大、小、多、少，以及自己的名字。做一点小生意，每一笔账都由我记下来，算错一笔，便是亏掉一笔钱（多算的时候人家不退还）。于是我只好努力算对，由此得到了一张数学全优的成绩单。

我爸最大的希望是家里能出个大学生。

但我还是辜负了他。中考那天，我脑海突然一片空白，最终只考上了师范，而且还是委培生，这意味着要出一大笔钱。

爸把家里的积蓄拿出来，又卖掉了一头母猪。他把钱放在一只塑料肥皂袋里（多年以来，爸爸都用肥皂袋当钱包），再小心地放入贴身衣袋里。

爸和我坐上去平湖的车子。到了学校，我领他到缴费处缴了钱，然后领了席子、蚊帐、热水瓶去寝室。爸帮我支好蚊帐，打了热水，嘱咐我几句就匆匆离开了。我不晓得不认识路牌的爸，后来是怎么一个人辗转回到家的。

爸每次打来电话，只不过说四个字：“好好学习。”仿佛除此再无别的话可以对我说。

接了电话，我会怔忡半天，天晓得，在师范里我近乎荒废度日。几乎所有的时间都用来读小说，弹吉他，写诗……临近考试时，才抱几天佛脚。幸而老师宽大，成绩倒也并不太差。

只是，当我看到奋发图强的同桌，毕业时成为浙师大的保送生的时候，我心里隐约有了对爸的愧疚。

毕业以后，我没有如愿留在城市，而是回到了乡村。爸搓着手说：“回来好啊。”

我当上了一名乡村女教师。爸依然进货、售货。我仍是爸的账房先生，我奇怪不在家的那几年，爸的那些账是怎么算的。

我把赚来的工资交给爸，爸不要，说，留着当嫁妆。

我二十二岁，爸开始操心我的个人大事。周末让我出去玩，天天窝在家里怎么能找到对象？爸说。

可当那年暑假，我出远门旅行，一个星期未归时，爸急了，打电话过来，问我在哪，要我立刻回家。

我笑着说，爸，我又没有长翅膀，最快也得明天回来啊。

我晓得爸是担心我被男人骗了。放下电话的那一刻，我眼睛酸酸的，忽然有点想家，想爸了。于是买了飞机票，火速回家。

第一次带男友去见爸时，爸穿了廉价西装，正襟危坐。爸像查户口的，问了男友许多问题，诸如家庭住址，父母职业，有无兄弟姐妹……男友脸上汗都冒出来了。

妈嫌弃男友家贫人丑，爸却笑着说，这小伙子老实，我看咱闺女嫁给他不吃亏。

结婚那天，妈笑得一脸灿烂，爸却拉着我的手哭了。爸说，闺女，到那边好好待老人。

和老公吵架时，我一生气回了娘家。爸撵我回去。爸说，蠢头女婿下班回家，冷锅冷灶怎么成。

我说，爸你就疼着惯着那个蠢头女婿，一点儿都不疼你女儿了？爸冲我呵呵地笑。

爸胃出血，忍着好几天，妈给我打来电话，我在电话里哭了。送爸去医院，熬了鱼汤去看爸。爸说，傻孩子，明天不要来了啊。

第二天，去得晚了一会儿，看见爸在医院的走廊上张望。原来，爸是在等我。

有一次，带爸坐高铁去上海玩。爸回来对妈说，那个火车真干净，坐的都是上等人咧（爸指的是几个老外），冰激凌可真贵，三十五块一盒，斩冲头么。还有东方明珠塔真高，站上去腿都软了。

爸兴奋如一个小孩子。

去鲁镇，观看真人表演《祥林嫂》，爸看到阿毛被狼叼走那一段，抹起了眼泪。

有一次，爸不小心被汽车撞了，擦花了脸，自己从地上爬起来，对那个一脸惊恐的女司机说，没事，你走吧。

爸在外公病重时，衣不解带地服侍了外公最后几天。爸说，我叫岳父大人，他已经说不出话，可是眼泪流下来了，我晓得他舍不得……

我给爸买了一件羊绒衫，七百块。爸说，这么贵，成心是抢钱哪。

可是爸穿了那件羊绒衫像老小孩一样到处炫耀：我闺女给买的，山羊绒做的，料子好着哪……

当我写下这篇文字的时候，我很骄傲我有一个这样的爸。尽管，他大字不识几个，土里土气，拙于表达，但他永远是这个世界上我最亲爱的爸。

弟　弟

记得小时候有一次和弟弟吵架，把他的算盘摔了，掉了满地的珠子，看他跪在地上一颗一颗捡起来，满脸的幸灾乐祸。

初中毕业以后，考上中专的弟弟撕掉了录取通知书，去了镇上的一间工厂上班。弟弟的理由是，爸爸妈妈年纪大了，姐姐在外面念书，他得撑起这个家。

第一个月领到工资，弟弟去百货商店买了一盒玉兰油送给我，那是我人生的第一盒化妆品。

后来，我毕业了，弟弟的工厂却倒闭了。他跑到城里找我，不安地搓着满是油污的手。我带他去一家自助茶室，他一连吃了六个冰激凌，这才稍微露出一点笑容。回去的时候，我偷偷在他口袋里塞了一千块钱。

又过了两年，弟弟结了婚，当了父亲，去了另一家工厂当机修工，日子过得很是滋润。福兮祸所伏，有一天，他老婆吵着跟他闹离婚，说他和厂里的一个小女孩好上了。两个人坐在一条凳子上吃饭，菜互相夹到对方碗里。她一边说一边抹着眼泪。

我气得要死，逮住弟弟狠狠地骂了他一顿。

弟弟躺在床上，一声不吭。骂急了，他幽幽地说，姐姐，我是真的喜欢她呀，可是我不能害了她，她一直在等我。可是，我不能给她想要的，所以前一阵子我就跟她说分手，不晓得怎么被那只母老虎晓得了。

幸好，他老婆没闹多久就不闹了，不久，他和那个女孩子彻底掰了，他也没伤心多久（或者他极力掩饰着伤心?）。我想，男人是不是都这么不靠谱啊。可他是我的弟弟，我相信他是真心喜欢过那个女孩子的。他和他的老婆，是奉父母之命、媒妁之言才结合在一起的。可怜的弟弟，二十二岁就结了婚，从来没谈过恋爱呀。

有一阵，弟弟迷上了打麻将。上班时溜出来一两个小时，去小镇上的棋牌室打麻将。一天爸爸有事去厂里找他，厂长一把拉过爸爸，跟他说得好好管管这个儿子。爸爸痛心疾首，骂他是个不肖子，气得一下子血压升高。弟弟煞白了脸，一个劲地说，爸爸你原谅我吧，我以后再也不敢了。

每年陪爸爸去体检的是弟弟。爸爸患有痛风，今年查出肾衰竭，弟弟打来电话，沙哑着嗓子跟我说，姐，你劝爸爸去住院吧，要是严重起来变成尿毒症可怎么得了。

在医院里，给爸爸排队、缴费的是弟弟；在走廊上跟护士嚷嚷，要求马上安排房间，让爸爸休息的也是弟弟；给爸爸买饭盒、毛巾、衣架的是弟弟；下班了冲到医院来陪爸爸的是弟弟。

爸爸出院不久，我也去医院动个小手术。打电话来安慰我、听到电话里我的哭腔，跑到医院来嘲笑我的是弟弟；手术那天，陪在手术室外，一直看着手术室上方闪烁的指示灯的是弟弟；回病房抱我到床上的是弟弟；在我的枕头底下塞了一沓钱的，也是弟弟。

许多见过弟弟的人，都以为他是哥哥。有时候，我也这么以为。小时候村子里的人总说弟弟长得漂亮，双眼皮，鹰钩鼻。我讨厌他长得这么漂亮，衬托得我越发黯淡。现在，村子里的人说，还是姐姐后生（年轻）。

我晓得，这二十多年的辛苦与操劳，使弟弟显老了，才三十几岁的弟弟，看起来已经像个中年男人了。我一直在想，如果当年，弟弟没有撕掉那张录取通知书，那么此时此刻，他或许和我一样，也生活在城里。他会在电脑前敲打文字，还是设计修改图纸？

其实弟弟很聪明，我曾经送给弟弟一台电脑，他背出了字根表，并且很快学会了五笔输入法。后来，我给他报了一个成人大专班，他念了两年，拿到了文凭。只是那一纸文凭一点儿用处也没有，他仍旧在那家工厂当他十二小时换班的机修工。

不过，在侄子学校里发下来的家庭成员表上，父亲学历一栏，他骄傲地填上了“大专”两个字。弟弟得意地对儿子说，小子，好好念书，瞧你爸也是大专生哦。

侄子不听话的时候，弟弟就揍他一顿，他说小孩子不揍不成才，小时候爸爸就经常揍他。“那你成才了吗？”我白了他一眼，弟弟不好意思地挠了挠脑袋：“我嘛，当然是例外。”

周末我去乡下吃饭，弟弟十二点钟就要去上班。他匆匆扒了几口饭，再把饭菜盛到一个铝制饭盒里。不晓得为什么，看着这一幕，我的眼睛酸酸的，眼泪差点就落下来，只好装作沙子迷了眼。弟弟出门的时候，我和妈妈一起大声叮嘱他：“路上小心。”

弟弟的摩托车风驰电掣地消失在村口。不久前，弟弟攒钱买了一辆汽车，白色，北京现代。为了这个新坐骑免遭日晒雨淋，他把猪棚改造成了车库，还在墙壁上贴了印花的塑料纸。开辆小白马就这么嘚瑟，又不是开宝马奔驰，村子里的人暗地里嘲笑他。

而对于弟弟来说，那辆小白马，就是他的宝马奔驰。每次开车前，他都要洗干净那双满是油污的手，再去握那个装了毛茸茸套子的方向盘。弟弟的虔诚，就好比有人沐浴更衣之后去寺庙，有人焚香之后弹琴，有人洗干净手才会翻书，令我深深地为之动容。

桂香奶奶

那日天空飘着棉花糖，我一个人躲在苞谷地里，风中吹来桂花油的香气。

那是从桂香奶奶身上传来的，桂香奶奶正在廊檐下给村子里的女孩子穿耳洞。桂香奶奶的穿耳洞之法，全凭一根细细的绣花针，只见她捏着英子的耳垂，趁捏得又软又薄之际，把那根细细的绣花针飞快地扎了进去，英子杀猪似的号哭起来。

桂香奶奶把一根红线拉到耳朵里，打了结，英子的耳垂上就挂上了一枚小小的红月亮。我远远地躲在苞谷地里，拼命屏住呼吸，可哪里躲得过这一劫。最后还是被桂香奶奶给揪出来了。

“小橘子，不穿耳洞长大了可没人要哦。”桂香奶奶吓唬我。

“没人要就没人要，反正我不穿。”我死命挣扎。

“小橘子不听话，以后桂香奶奶就不喜欢小橘子了。”桂香奶奶叹了一口气。这一招果然很灵，一听到桂香奶奶的叹气声，还有英子她们那些已经穿好耳洞的女孩子，正笑嘻嘻地剥开桂香奶奶奖励的大白兔奶糖，塞到嘴巴里，我只好一步一挪地坐到椅子上。

“桂香奶奶，疼不疼呀？”我深吸了一口气。

“一点也不疼，就像蚊子咬一下。”桂香奶奶轻轻捏着我的耳垂，揉啊揉啊，趁着我不留神的当儿，那绣花针已经扎进了耳朵里，桂香奶奶告诉我，每天须把红绳在耳洞里轮一轮，等伤口结了痂，耳洞长成了，就可以把红绳抽掉，换成稻草芯子。

这穿耳洞倒果真一点儿也不疼。英子为她杀猪似的号叫羞惭着，我也为我躲到苞谷地里，死活不肯出来的举动觉得不好意思，可是接下来受的罪可不少。没过几日，那耳朵灌脓了，肿得老大，碰一下就疼得跳起来。不过，那脓肿消掉以后，耳洞也长成了。桂香奶奶把红线抽出来，插了一根稻草芯子。

那稻草芯子，由细变粗，是一个村野女孩子渐渐长大的标志，待到婚嫁之时，由男方打了一对圆滚滚的金耳环，作为聘礼，垂在披着的红盖头下，映照着一截雪白温润的脖颈。这一刻，村子里的女孩子真是感慨万千，幸亏桂香奶奶那根温柔的绣花针，不然，哪来今日金光灿灿的婚礼呀。

桂香奶奶坐在喜宴上，看着这些昔日的女孩子，一个个嫁了出去。她还记得她们眉心的一颗痣，掌心里的手纹。尽管她们许诺了桂香奶奶，一定会回来再看她的。桂香奶奶却知道她们这一去，便是山长水远的一生。纵然只嫁到毗邻的一个小村子，到底嫁出去的女儿，如泼出去的水，再也不会如从前那般，整天亲亲昵昵地围绕在她的膝下了。

后来，她们渐渐地忘记了那绣花针扎在她们耳朵上的那一点疼，忘记了她这个老婆子，忘记了那廊檐下嬉笑推搡的旧时光。总之，她们是负心而绝情地把过去的一切给忘掉喽。只要想到这一点，桂香奶奶就没来由地觉得伤心。可是，她站在廊檐下，仿佛又听到她们嘻嘻哈哈在笑，凑着耳朵在窃窃私语，亲昵地喊她一声："桂香奶奶！"桂香奶奶的心又甜滋滋起来。

桂香奶奶去世以后，村子里再也没有会穿耳洞的老太太了。村子里新一茬的女孩子，不复再穿耳洞。她们把山芋藤挂在耳垂上，扮演新娘子，搭花轿，过家家，但总之有什么地方不一样了。哦，问题出在她们的耳朵上，她们的耳朵上空空的，既没有穿红线，也没有穿稻草芯，简直看起来一片荒芜。

不过那些爱美的女孩子，到镇上的店里去请人用气枪打耳洞，不晓得那挨了一枪的滋味怎样。比起绣花针，应该疼多了吧。说实在的，我极其怀念那个天上飘着“棉花糖”的午后，怀念英子的哀号，还有一望无际的苞谷地里，躲着的那一个七岁女孩的童年。

在流水的时光中，一切皆是旧事，皆为记忆……

然而，为何现在的我，依然能清晰地闻到那天的风，吹拂过桂香奶奶的衣裳，有一股好闻的桂花油的香味。我的桂香奶奶哟，乌黑的发髻上别了一支银簪子，笑盈盈地望着我们。她依然那么年轻，那么温柔。

罗汉和尚

我住的村子名字叫青龙港，这村子颇有些来历，传说当年小青勇斗法海，受了伤，跌落于此，于是化身成了一条蜿蜒的小河。

龙头上有一座寺庙，即栖真寺。

小时候我经常跟着奶奶去庙里烧香，那个庙里的和尚见了我，总是笑嘻嘻的。

他长着吊梢眼，浓眉毛，活脱脱是从佛殿上走下来的一尊罗汉，故而大家都叫他罗汉和尚。

“小橘子，莫爬树。”

有一次，我像一只小猴子爬到大雄宝殿前的一株银杏树上去，两只脚挂在树杈上下不来了。罗汉和尚搬了一把梯子，把我解救了下来。

我不但没有谢他，还质疑道：“电影里那些少林寺和尚不是都有武功的吗，可以飞檐走壁，你为啥爬株树还要搬个梯子？”

罗汉和尚仍旧笑嘻嘻地道：“贫僧不会武功。”

“那你会啥？”我好奇地问。

“吃斋、念经、撞钟。阿弥陀佛。”

“哦，原来如此。做一天和尚撞一天钟。说的就是罗汉和尚你呀。”我一边笑一边逃开去。

大雄宝殿前有一口大钟，雕饰着富丽的花纹。

有一天，我走过步云桥。看见桥底下的廊柱上写了两句桥联，隐约看见一句写着："行云暂住且听八百杵钟声。"于是跑去问罗汉和尚。

"这说的是不是你敲的钟声啊。"

罗汉和尚听了，笑一笑说："是也非也。阿弥陀佛。"

说的是什么劳什子话嘛。不过罗汉和尚纠正我说，小橘子，那个不读杖，读 chu，木字加个午字。

我回家翻字典，果然是个杵字。这才发现，罗汉和尚原来很有文化。

说起这栖真寺的历史，可以追溯到北宋开宝二年，据清末《闻川志稿》记载，有一位宝月大师云游到麟瑞乡丁安荡畔，即现在的栖真寺旧址时，见此地"地广境幽，绝无尘迹，足可栖真养道"，于是筑茅庵以弘扬佛法。

据说明代的高僧憨山大师曾来过栖真寺，拜了恩师云谷和尚之塔，并写下了一篇《栖真寺置长生田引》。那一天是明万历丁巳三月初八。多么久远的光阴呀。

在我童年的记忆中，寺颇荒寂。只余一座大雄宝殿，两株古老的银杏树，仿佛两个光阴中的老者。

寺里平时住的也只有罗汉和尚一个人，又挑水又担柴，还得自己炊米煮饭，做课诵经。遇到做法事的时候，从别的地方会过来几个和尚。那些和尚脱了和尚袍，仍旧下地的下地，吃肉的吃肉。

罗汉和尚却只是食素。

寺后面有个荒芜的园子，里面有一口古井，井上压了一块大石头。

自从看了一部《火烧红莲寺》之后，我一直疑心那井上的大石头藏着机关，底下藏着一个秘密的地道，但好几个小伙伴合力也搬不开那块大石头。

我跑去央求罗汉和尚帮忙。罗汉和尚板着脸说："小橘子，以后不许再去后园，不然甭想来庙里玩耍，我保准你连山门都进不了。”

罗汉和尚板着脸的时候，样子看起来很凶。于是我便噤了声。暗地里却偷偷去打听那口井的来历。

原来那口井淹死过一个人，而且是个女人。这是罗汉和尚喜欢的一个女人吗。我暗自想着。不是不许和尚喜欢女人的吗。不过也不一定，和尚要戒荤。但道济和尚（就是济公）却吃荤，还喝酒呢。

还有活佛仓央嘉措，雪夜去会情人，还写了许多情歌给那个女人呢。

这么说起来，要是罗汉和尚有个相好也并不稀奇喽。

我妈说，阿弥陀佛，不许你玷污宗修师傅，哪来的什么相好。宗修师傅就是罗汉和尚。姓释，与释迦牟尼一个姓。

我妈说，那是一个为情所困的女人，因她爱的那个男人爱上了别的女人，于是就跑到庙里投了井。我妈说完，冲我挥了挥手说，去去去，小孩子胡乱打听这些做啥。

我朝我妈的背影吐了吐舌头。别以为我不懂，我都看了琼瑶阿姨写的《梅花三弄》：“问世间情为何物，直教人生死相许。”

爱情可不就是一件叫人要寻死觅活的事情吗。

哎呀，可是那个女人真傻，既然那个男人不喜欢你，也就不要喜欢他就好了嘛，再不行，就去当尼姑好了，投啥井嘛。难不成投了井，那个男人就会回心转意爱上她？

说到底，女人就是麻烦。可是我长大了也会变成一个女人呀。我将来可一定要找一个一心一意爱我的男人，阿弥陀佛。

在菩萨面前“咚咚咚”磕了几个响头之后，我暂且忘记了那个枯井那块大石头那个女人，继续一个人在庙里瞎转悠。

在大雄宝殿后面，我发现了一幢小木楼，那幢小木楼的门上贴了一个封条。

我撕了封条，钻到里面去，那个楼梯摇摇欲坠，走起来嘎吱作响。来到二楼，竟是一间书房，一个书架，上面空空如也。

书桌上放着一本工作笔记，摊开的那一页上，写着几点钟开一个什么会议。

旁边还有一本小说。

这里究竟住过什么人呢？我把那本小说揣进怀里，偷偷溜出了木楼。

罗汉和尚不知怎么发现了我，冲我喊：“小橘子，没看见这是一座危楼吗。下次再敢闯进去和尚我就揍你。”

“来呀，揍我呀揍我呀，罗汉和尚揍人啦。”我一边跑一边从他身边飞快地溜过去。

跑得老远，还看见罗汉和尚一个人伫立在银杏树底下，风吹起他寂寞的身影。

几朵乌云从他身后飘过来。墨汁似的涂了一大片。

我躲在屋子里读那本偷来的小说。我妈说偷书不算偷，这是我这辈子唯一偷过的一本书。我还记得写的是一个名字叫凌云的女孩子，如何奋斗的成长史。

很多年以后，我一直记得，那天后来下了一场大雨，水浇似的从头顶浇下来。

我伫立在窗口，忽然体会到一种“永恒”的感觉。

一刹那九百生灭。但在那一个刹那，那一口后园里的枯井，大雄宝殿，那一幢危楼，那一本窃来的书，银杏树，罗汉和尚和我，万物与苍生，也许竟是永恒的呢。

|第五辑|

简静生活

每一个琐碎的日子都是良辰

摩尔旁有一家cake shop，布置得很文艺，卖蛋糕，也卖各种饮料。今日路过，看见墙上的黑板上写着冬季暖饮：姜母茶、五谷燕麦、椰浆红豆、桂圆红枣茶。点了一杯桂圆红枣茶，红枣、桂圆干切成片，加了两勺奶冲泡，沏在一只白底蓝花的马克杯里。店员端过来时，很贴心地叮嘱一句，小心烫哦。一阵暖意从茫茫人海里升起来。

坐在靠窗的一张木桌子上，一边吹，一边小心地喝着这杯沏得很烫的茶——唇齿间有着一股甜甜的红枣香，便觉得日子也是甜滋滋的。

我暗暗想道，其实开一家蛋糕店也不错，至少每天有奶油蛋糕吃，有咖啡和茶喝。还可以尝试做各种新品——一定是一件很有趣的事情哦——我是一个蛋糕控，一见到白白的奶油，上面镶嵌着一圈红宝石一样的草莓，就再也挪不动步子了。有时候一个人在家，就买一只蛋糕，用小勺子一勺一勺挖着吃，顿觉人生再没有什么可遗憾的了。

如果世上还有喜欢做的事情，喜欢吃的东西，喜欢的人，那么人生还有什么遗憾的呢。遗憾的是，我们总是茫然无知，不知道自己喜欢做的事情是什么，喜欢吃的东西是什么，喜欢的人是谁，于是不免长吁短叹。

哀叹着自己不是自由身——没有自由的时间，要工作啊。可是，你有没有想过，要是不工作，把所有的时间都给你，你会用来做什么？

我不是一个有自控力，节制的人。如果把所有的时间给我，恐怕会变得一团糟吧。每年寒假、暑假，我总是睡到日上三竿，早上从中午开始，吃过午饭，睡个午觉，很快又到了晚上，一日不知不觉只剩下了几个小时，况且这几个小时也是被浪费掉的。反而是忙忙碌碌的日子，倒会忙里偷闲，那片刻的闲暇，总觉得是偷来的，所以分外珍贵。

譬如这一会儿，我就坐在那家蛋糕店里，等女儿兴趣班下课，将近有一个小时属于我自己。这一个小时，我悠闲地坐在蛋糕店里，打开电脑，其实也没有什么想写，只是随便敲几行字。

有一阵，我很想充当一个光阴的记录者，坚持写了几年日记。我发现了一件很奇特的事情，每一个看似平淡、重复的日子，竟不完全是平淡、重复的，原来，每一天都是新鲜的。

把那几年的日记挑了一些打印了出来，放在抽屉里。心里就有一种很踏实、妥帖的感觉，仿佛那些时光都不曾虚度。

现在，书桌上的抽屉里仍放着那本日记簿。翻到去年三月二十二日的那一页：

下班以后路过星巴克，进去点了一杯榛果玛奇朵。

天真热呀。来星巴克点咖啡的人一拨接着一拨，连站在咖啡店外面发广告纸的某房产公司员工，也跑到里面点星冰乐。

说起来，已经很久不去咖啡店了。不过，当我工作得很疲倦的时候，总想喝上一杯香喷喷的咖啡，无论怎样，一杯咖啡喝下去，立马就有好心情去应付接下来的事情了。

今天看到一句话，再日常的生活，也是美好的。

勉励自己，要生活得简单而不失快乐。在琐碎的日常里，去一点一点发现美好。

一个热爱日常生活的人，总会常怀一颗美好之心吧。看起来总会显得神采奕奕些，也会使看的人，生出欢喜之心吧。

那些记录下来的光阴，每一个琐碎的日子，都是我的良辰。

那些细小的事物

周末去八佰伴，在四楼的漫书咖转了一圈，买了一本插画书。又在三楼的一家生活馆买了拖鞋、靠垫、棉布睡衣。

晚饭在避风塘吃，邻居阿拉丁早早去排了队，点了肠粉、凉拌木耳、虾饺、牛腩汤、叉烧拼盘，还有一大盘海鲜炒饭，榴梿泡芙和冰激凌。

我一边看插画书，一边等上菜。济慈在诗中写道：天堂就是，给我书本，水果和法国酒，以及好天气。

也许幸福就是这么简单，吃一餐饭，去林荫路上散一会儿步，看一片雨荷，听一片蛙声。

有个女孩子最喜欢的事情是逛菜市场。捧着皱巴巴的便笺纸，在黄瓜与西红柿之间穿过来穿过去，不停地问摊主："黄瓜要怎么挑呢?""西红柿是红的好吃还是青的好吃?"然后拎着大袋小袋心满意足回家。

在初夏的好天气里，一个人早早起床，在阳台上的白瓷水槽里，把几件棉与麻的衬衣，洗净、绞干，晾在从宜家买来的白色塑料衣架上，绿萝似的一串，甚是好看。底下摆了一盆盆多肉，热热闹闹的，有几盆顶端还开出了淡黄色的小花，看了真叫人高兴。

我发现，那些生命中美好的时刻，往往来自一些细小的事情。

譬如有一次，夜宿一个不知名的山庄，从山庄旁的一条小路，走到起伏的茶山上，四周那么安静，静得可以听到从峡谷里传来的流水声。

雾气氤氲地浮上来，人似走在一轴画中。在山路旁摘了一朵花，插在玻璃水瓶里，我晓得那朵花会欢喜，因我并不摘了她就随意地掷在地上，而是以清水养之，爱她赏她。

万物有灵且美。你会因为倾听到一朵花开的声音，心中充满了寂静的欢喜。

那天，听一位心理医生说，一个得抑郁症的人，最好的法子是让他去乡下，挥起锄头，种一亩地。看一株植物渐渐开花结果，果子渐渐由青变红，在那些细小的事物上，闪耀着生命的光华。

所以，我总是隔一段时间就去逛家居馆，买拖鞋、花瓶、杯子，一堆无用的小东西回来。亦经常买鲜花，夏天到了，开不了几天就衰败了。可是不管，在打开房间的那个瞬间，闻到一阵实实在在的香气，那香气，实在令人疲惫顿消，神清气爽。

我想，之所以一直在黯淡的日子里，依然可以窥见光芒，获得信心、勇气与力量，大约，与我终日迷恋那些细小的事物，不无关系。正是那些细小的事物，令幸福来敲门。

咖啡馆里的光阴

朋友问我最近在忙什么。我笑笑说，不是在咖啡馆，就是在去咖啡馆的路上。

这句玩笑话，亦假亦真。说起来，最恐怖的时候，我一天竟然去了三次咖啡馆。

早上送女儿去上兴趣班，在咖啡馆等她下课；中午，接女儿去咖啡馆吃简餐；下午，送女儿去另一个兴趣班，继续泡另一个咖啡馆。

三杯咖啡喝下去，一个晚上的神经都是振奋的。

像我这种热衷于泡咖啡馆的生物，小城里大概并不少。我有个邻居梅子，是个言情小说家，几乎每天都在咖啡馆码字。

咖啡馆就是她的工作室。

在家码字不行吗？有一天，我忍不住问她。

在家里人懒懒散散的，一会儿吃水果，一会儿上洗手间。她冲我笑笑，意思是，你懂的。不然，你干吗也来咖啡馆？

是啊，我为什么来咖啡馆呢。因为除了咖啡馆，没有别的地方可去呀，逛街要花钱，逛马路会晒黑。于是只好泡咖啡馆，三十几块钱点一杯咖啡，还可以免费蹭冷气。

这一座小城，有许多家咖啡馆。我住的小区附近就有两家，一家是卡卡奥，另一家是 Tomyork。几乎两家轮换着去。卡卡奥去的多一些，里面的木桌子木椅子高度合适，坐多久都不会累。

老板娘是韩国人，名字叫珍。总是在门口笑着打招呼：爱你哇塞哟。

爱你哇塞哟。我也冲她笑。

今天喝什么呢？珍的中文十分地道。

一杯焦糖玛奇朵。再来一只提拉米苏吧。看着冰柜里的蛋糕，我的口水都快淌下来了。嘴里念念有词：吃了这只蛋糕再减肥。

说起来，最近胖了好几圈，都是蛋糕惹的祸，一看到好吃的蛋糕，我的脚步就挪不动了。甚至做梦都梦到蛋糕，有人把一盒草莓蛋糕藏在阁楼里，等我找到的时候，那只蛋糕馊掉了。梦中的我，那个眼泪哗哗哗啊，简直像拧开了自来水龙头一样。

觅一个角落的位置坐下。这是我惯常坐的一个角落，挨着一排木书架。书架上，摆了一些书，此处列举三本：《耶稣手稿之谜》《恰似水之于巧克力》《良友小说》。粗略翻一翻，那个巧克力是一个墨西哥人劳拉埃斯基维尔写的小说。耶稣手稿是华莱士的一个小说。良友，就是民国时期那本一半文字一半画报的时尚杂志。封面上的女郎，大多为当时著名的女星。

还有大红色仿古木箱子、瓷瓶、断臂的维纳斯。木头吊顶，裸露的水泥墙，大红色灯罩，布艺沙发，吊兰和绿萝。

墙上贴了一行英文：Coffee smells like freshly ground heaven.

总之，这是一家装修得颇文艺小资的咖啡馆。

隔壁桌的两个女孩了，一个长发，另一个短发，都穿了白 T 恤，牛仔短裤。一人一杯雪梨汁。两个人轻声交谈着什么——好像一个有了烦恼，另一个在帮忙出主意。这个年纪的女孩，会有什么烦恼呢。

无非是恋爱——被一个男孩子追求，可是并不喜欢人家，诸如此类的。果然，听了一会儿壁角，那个短发的女孩子窃窃地笑，长发女孩子恼怒道，你还笑，快帮我想想法子，到底怎么拒绝人家嘛。

曾也有过这样似曾相识的一幕——两个女孩子，在一个夜排档吃烤肉串，一人一杯啤酒。大抵是第一次喝酒，喝到呛出眼泪。一生中最好的时光，可是彼此并不知晓呢。

唯有悠扬的音乐在流淌。

不知不觉，小半生的光阴都已经过去了呀。有时别人问年纪，自己也要惊诧一番，哎呀，怎么已经快四十岁了。在“90 后”的小女生眼中，可不已是如假包换的中年妇女了吗。

光阴已经走远了，一颗心也沉静下来了。不再浮躁，焦灼，也不再人来疯。不再患得患失，失去了的本来就不属于你，得到的总有一天会失去。那么，何必愁眉不展，让自己的心深陷于得与失的泥潭。

过去的已然过去，未来的尚未到来。

唯独现在度过的每一分每一秒，才属于自己。

那么，就让这每一分每一秒，都按照自己的心意来过吧。不必委屈自己，不必迎合别人；不必留恋，也不必怅惘。

把每一天，都当成生命中的节日；把每一分每一秒，都当成上苍的恩赐。

落地窗外，可以瞥见街景。

很多时候，我坐在咖啡馆里发呆。看着街景像扑克牌一样翻过来，又翻过去。

马路上走过来一个女孩子，穿了白色连衣裙，黑色凉拖，背一只天蓝色牛仔包。

汽车穿梭往来，川流不息。

咖啡的香气渐渐氤氲开来。

珍开始磨咖啡了。

是手工磨豆。一个老式的手摇咖啡机，放几勺咖啡豆，摇动手柄，一下又一下，不知摇了几百几千下，豆子变成了粉。磨好的咖啡粉，光滑、细腻，闪烁着动人的光泽。

咖啡那么苦，香气却十分浓烈馥郁。

爱上咖啡苦涩的味道，是到了三十岁以后。人到了一定的年纪才会明白，世上哪来那么多甜滋味，人总得吃一点苦，才可以领略甜。

咖啡之苦，在于刚刚喝下去时的那一刻，苦味瞬间攫紧了舌尖，可是回味过来，却有一丝丝甜。

一杯清咖，不加糖，喝了会让人上瘾，渐渐地爱上了那一点苦滋味。

也许，苦比甜更令人回味。苦中作乐，虽苦犹乐，苦乐掺拌，才是人生。有时苦难比幸福，更能激发斗志，磨炼意志，促使一个人自由蓬勃地成长。

苦是一种修行。有人隐遁终南山，粗茶淡饭，过苦日子，求的是内心的安宁。

有人去寺庙诵经、打坐、食素，苦其肌肤，劳其筋骨，于是放下了贪欲，放下了妄念。

柴陵郁法师说，每个人都有一颗明珠，只因妄念造作，名缰利锁，于是一颗心蒙上了尘埃，唯有梵行修正，方能磨去古境苔痕，修得一颗澄澈之心。

这个咖啡馆的傍晚，独坐一隅的我，闻着浓浓的咖啡香，陷入了沉思。

简静生活

每次去咖啡馆的时候，总是坐在靠墙角落里的一张木桌子旁。

那张木桌子小小的，仅够摆一台电脑，一杯咖啡，几乎再也放不下别的什么了。可是不知什么缘故，每次，那张木桌子仿佛磁铁一般吸引我走过去。

实在很喜欢那张桌子呢。古朴的木纹，布满了沟沟壑壑，看上去仿佛经历了悠久的岁月——当然，是特意做了旧的。

不喜欢奢华、富丽之物，倒是喜欢那些古朴的，旧旧的东西，给人一种平易、亲切之感。

我所向往的生活，无非就是这样。一张小木桌，一杯咖啡，就可以安度人间好光阴。

这样的日子简静、平淡。喧闹与浮华都是别人的。

有一次，和一个朋友聊天，说起想去一座深山，或一个村落，顶好住在一间木舍里。有孤云野鹤，有苍松老树。良田一亩，种水稻、小麦。麦子熟了，就打下来，用石磨磨出粉，擀面条，包馄饨。

馅是荠菜鲜肉，荠菜从野地里采来的，有一股清气，猪肉呢，是野猪肉，肉质鲜嫩，不带一点油膘儿，也不含瘦肉精。

顶好，朋友就住在不远处，寂寞时可造访。相谈甚欢时，可彻夜秉烛。话不投机，亦可不多说一句，掉头离去。彼此相互惦记，但不会干扰。

君子之交淡如水。人到中年，才终于明白，人与人之间实在要有疏离，有留白。纵然两个再要好的人，若是天天黏在一起也会腻。

倒是草木山河，日常器物，比人更长久，更亲近。

想必在那样一座深山里，一个人独居的日子也不会太寂寞。

但我并不知世上哪里有这样一座山，只怕，天底下的山，现在到处都是人迹。纯粹的山，和纯粹的水恐怕已经是不多了。

那天与朋友聊天，又说起想去一座深山之事。朋友笑着说，何必去深山，红尘中也能修行。

一颗心若是安静下来，即使在最热闹的红尘中，也可以自渡彼岸。一颗心若是热闹喧哗，纵然在最寂静的深山，也会左冲右突，难以束缚。

朋友说的极是。只有静心，才能回归生命的本源。

朋友给我看微信公众号里推送的一则文：在澳大利亚 Gippsland 南边的 poowon 小镇上，有一片绿野仙踪。一个名字叫 Tamsin 的女人，辞去了薪水丰厚的工作，从都市到乡村，住在山坡上白色的农舍里，种花植草，烹煮食物，养育牛羊，过起了田园牧歌式的生活。

图片上，那间农舍客厅里的家具都是旧旧的，古朴的东西。一张木桌子上，摆了一只粗陶罐子，插了一束野花。有一种生命的蓬勃与恣意，亦有岁月的恬静与欢喜。

这大概就是我所一直所向往，并且想要拥有的生活吧。我一直所向往的，无非就是过一种简单、平静的生活，姑且可以称之为简静生活——回归自然，回归内心，简单、平静、朴素、自由、美好、从容。

棉麻女子

偏爱棉与麻。

衣橱里有一件白衬衣，长及膝盖。有一次穿到学校，被文印室的老先生见到了。

老先生告诫我，下次不要再穿了。

为什么？

唔。没什么，反正不要穿就是了。老先生板着一张脸。

我笑起来，忽然明白了老先生的好意。

老先生觉得，那件衣服像是在葬礼上穿的。

后来，上班不再穿那件衣服了。不过平日里照旧大摇大摆地招摇过市。

只要自己喜欢就好呢。

一直渴望，可以成为一个内心隐忍、有修为的棉麻女子。

摩尔有家小店，卖棉与麻的衣服，款式、质地很好。尤其是麻布裙，宽腰、垮肩，下摆长长的，开了衩。好像就是为了我量身定做的，赘肉全部妥妥地藏在衣服底下。

遂一口气买了两条麻布裙，一条米白、一条墨绿。年纪大起来，发现过于鲜亮的颜色穿到身上，反而映衬得一张脸越发黯淡。

好比手机拍照，柔光过滤了以后，有一种旧时光之美。雾里看花，尚且可以一看，若是凑到近处，把脸上的褶皱、斑点拍得一清二楚，那还怎么得了。

须臾暮色至，岁月忽已晚。

不知不觉就老啦。体力、精力都不济了，熬不了夜，晚上一过十一点就哈欠连天。喝个小酒，哪里还能三杯上马去，只想回家倒头睡大觉。

世上最体己、亲爱的，不过是那一床陪你一觉睡到大天亮的薄被子罢了。

“照花前后镜，花面交相映”，那是几时的事情？怎么想起来仿佛已经是上一辈子的事情了。

赏心只有两三枝。不再成天扎堆，闹哄哄的一群人，赶过来赶过去。

不再看别人眼色，也不再顾忌别人的目光，怎么自在、舒适、妥帖，怎么活。

比如穿衣，只穿棉与麻，最是自在、舒适、妥帖。

草给我推荐了一家布衣店，在一条小巷子里，不闻车马喧。

那天去逛了一下，墨绿、湖蓝、米白、烟灰，素净而淡雅。

买了一件衬衣，一条棉布裙。白色、藏蓝的麻料，质地柔软。穿到身上，只觉眉目间的气息与灵魂也是素净的、淡雅的。

小城里，穿棉麻的女子并不多。但仍旧有两三个吧。

我见过这样的棉麻女子，一袭麻布裙，披挂在身上，招摇过市，穿出了风骨，穿出了姿态，穿出了自由、洒脱与不羁。

我喜欢棉麻女子呢。她们身上有植物的气息：柔顺、安静、倔强、凛冽。

夏日的黄昏，穿了那条墨绿色麻布裙，去一家名字叫楝树下的店。

木桌子上沏了一壶茶，是水仙。

那个沏茶的女子，长了一双美目。穿了一条黑色的麻布裙。

想必，她也是一个棉麻女子吧。

小青柠

小青柠是一泡茶。

这茶瞧起来像一只小果子。由褐色的青柠皮包裹着，里面是压得很瓷实的茶饼，掰开来泡，出味儿更快一些。

秋风乍起，坐在廊檐底下的一张小方桌上，一只木托盘里，摆了一只白瓷壶，两只茶杯。泡一壶小青柠的茶，两个人慢慢地喝。这样的岁月，真是千金不换呢。

单是一壶小青柠，就足可令人迷醉，继而生出喜悦之心。这世上的喜悦，不过来自日常、平淡的日子，一些小物事、小摆件、小东西。

案头的一只瓷瓶，瓷瓶里的一枝花，花下的一卷书，一盏茶。

是这样前世今生欲说还休，是这样一种相思两处闲愁，是这样才下眉头却上心头。

抿一口小青柠，那一点酸，在舌尖上轻轻一裹，顿时云散了，天开了。心中的一点愁绪，不知不觉也远了、淡了。

喝茶要配一点茶食。这时节，吃的是月饼，白茶味的。

月饼大而圆，上面印了繁复的花纹。茶香浸到了豆沙馅里。那甜滋味里，微微有了一点苦。等到回味过来，仍旧是甜滋味。

那天在咖啡馆，一拨朋友，年纪都已经不轻了，喝茶聊天。说到后来，简直有点放浪形骸没边没际了。怎么一晃就老了呀，一颗心仍旧不老呢。

那个头发白了、脸上有了皱纹的人，笑起来，依旧还是少年。

这一盒茶礼，寄自西安。那个寄月饼的人嘱我，白茶月饼，保质期不过十来天，要早点吃掉哦，不然会坏掉。寄快递的日子，也特地抠好了。寄得不早不晚，恰巧是中秋节前几天。早了还不到中秋呢，寄晚了，节日便过去了，难得的是这一份心思。

世上有人若对你好，不过是对你多存了那么一份小心思罢。

那个寄月饼的人，是个女孩子。名字叫王不二。不二大侠。为人仗义得很，朋友开了画馆，她家里恰好有闲置的桌子、椅子，便搬到了朋友的画馆里去。

她的微信签名也颇有意思：让懂的人懂，让不懂的人不懂；让世界是世界，我甘心是我的茧。

呵呵，我是我，就说一不二呢。我是我，一只小小的蝴蝶，住在自己的茧里。我与世界，有疏离有隔绝。不喧哗，不黏糊。不拖泥带水。不沆瀣一气。

多好啊。懂我的人，自然会爱我、敬我。不懂我的人，也不强求，互不打扰，互不相干。这样豁达、通透的不二姑娘，其实还只是一个二十几岁的小女孩呢。

她有她的生活整理术。一件器皿，一盏茶，把生活过得像一首诗。

在西安这样一个古城里，皇城底下的一条小巷子里，一间小小的店铺，弥漫着馥郁的茶香。一个眉目清秀的女孩子，素手翻飞，浅浅斟了一壶茶。她斟的果真是一壶茶吗，不，是美的光阴。

光阴美，只因遇见了美的人。这一盏小青柠，一粒粒，有扑鼻的香，闻之，令人心醉神驰。

丁酉年初秋，我带着一拨朋友去老家。这一拨朋友，皆是从光阴里一起走过来的。我们穿梭在故乡的老街，打铁铺、剃头店、寺庙、粮站、石拱桥和千亩荡畔。

浩渺的烟波，有水鸟在飞。看不见的鱼，在游弋。

这一片热土，一生中会带多少人去呢。也就那么一些人吧。

且与我一起饮下这一壶青柠茶，细说昨日，如歌的岁月。

不问世间沧桑如何。

楝树下

楝树下的槐花开了。

楝树下怎么会开槐花呢。

且容我细细说来。

楝树下，是一个店的名字。想来是因了那个老板娘喜欢楝树，或是楝树的楝字有一种繁体之美。总之，楝树下没有一株楝树，有的，倒是一株槐树。说不上很大，可是枝干也有女孩子的胳膊一般粗。

这时节，槐树开了花，不对，已经九月了呀。怎么这时候才开的花?

你不免有点讶异，可是就是这个样子，楝树下的槐树，在我们去时开了花，细碎的花朵，仿佛绵绵不绝的情意。

槐树底下，有一张木桌子，木桌子上铺了雪白的桌布，桌布上，摆了一只藤篮子，一篮子的野花，寂寂的，不食人间烟火的。

如果，我有一个院子，我也要种这样一株槐树；槐树底下，也要放这样一张木桌子，木桌子上，也要铺一块雪白的桌布；桌布上，也要摆一只藤花篮。

不错，我就是这样想的。当我坐下去的时候，一朵槐花掉在我的茶杯里，我饮下了槐花的香气。

这世上的花，皆有香气，栀子、玉兰、百合、槐花。槐花的香气，有点清冽有点甜蜜，槐花可以直接拿来吃掉，并且不留一点渣儿。

“袅袅秋风中，槐花半成实。”这样风雅的地方，适合饮一点小酒，顶好是糯米酿的酒，甜甜的，喝至微醺，脸上起了淡淡的红晕。抬头一瞧，月亮含羞带怯，露了半边脸，犹抱琵琶半遮面。

月亮怎么晓得你的心事呢，其实谁也不晓得。槐花不晓得，流水不晓得，你的心事，当然只有你自己晓得呗。

远远的，一艘游船从河上驶来。灯火辉煌，觥筹交错，那游船上的喧哗之声，传到你的耳朵里，但你竟不觉得他们的热闹有什么不妥，你也不曾觉得，你的寂寞有什么不妥。

老板娘英子说，简，有个人想见你哦。说若是你来店里，让我立马转告。

呵，是谁？男的女的？

一个女孩子哦。

好啊。我可以和她一见呀。

英子去发微信。我坐在槐树底下，自斟自饮一壶米酒。

酒饮完了，那个想见我的人，尚且没有到来，于是便告辞了。

隔日又去，英子说，咳，那个女孩子后来发她微信问：简还在吗？

彼时，已是午夜。英子回过去一句：也不看下什么时辰了，人家早就走掉啦。

哎哎，一个人，邂逅另一个人，全凭了因缘。这世上千千万万的人，为何偏偏会遇见你？茫茫人海，为什么在这一刹那，四目交接，会有电光石火闪现？

而有的人，一生都不复遇见，若是遇见了，也只是彼此漠然地看一眼。

隔几天再去的时候，槐花的香气，似乎比前一日越发清冽了。

旧时月色，日常之美。瓜果蔬食，天上星辰。在这里，你自会一一遇见。你还会遇见那些与你气息相投，穿了布衣、布袍，身上有一股静气的人。

“斯人若彩虹，遇见方知有。”这样古典雅致的话语，恐怕也只有在这里才能写出来吧。

那天，有个朋友来嘉兴，带他去看朱生豪纪念馆里珍藏的“我儿清如”的情书手稿。朋友问，民国情书写得最好的是谁？答不上来。徐志摩致陆小曼的情书当然好，鲁迅、沈从文、朱生豪诸君的情书又何尝不好。因了那一颗炽热滚烫的心，于是笔尖流淌下的便是绵绵不绝的情意。

恋爱中的人，总是患得患失的。有时是勇士，有时像一头困兽，有时是一个伟丈夫，有时又是一个孱弱的孩子。

譬如朱生豪，未免有点痴痴狂狂、疯疯癫癫的，“好人二哥傻子老弟姊姊小鬼头儿小亲亲宝贝”对宋清如乱叫一气。

随手摘录一句：“昨天梦到你到嘉兴来玩，我爱你，凡不爱你的都是傻子。”

呵呵，世上凡不爱你的人，他们都是傻子。到底要有多深的爱，才会写下这样的情话？

那天带朋友去楝树下，一路走一路对他说，你去了一定会喜欢哦。

草也过来了，几个人，坐在黑云翻墨的窗口。忽而一场瓢泼大雨，震得窗户啪啪响。朋友跑出去看雨。遂问：北方的雨和这里不一样吗？

朋友笑道：北方的雨，细细的，柔柔的，一下就是一整天。

南方的雨有暴烈的小性子，人却温和；北方人粗犷，雨倒是缠绵。

忽然想起了终南山上的雨。

从终南山到楝树下，之间又历经了怎样的万水千山呵，简直可以写一篇长文记之。

但我写些什么好呢，我想写的，不过是今夜的月色。

今夜
月色很美
我们坐在一株槐树底下
听雨、喝茶
说一些遥远的往事
我的心很寂寞
我的心在辽远的他乡

蜜 柚

晚上去逛街，路过一家水果摊，橘黄色的网袋里扎着一袋蜜柚，六只，小小的，二十九块钱。抱了一袋回家，剥一只吃。奇怪，皮薄得如橘子皮，一只小蜜柚，剥出一大盘肉。果肉淡金色，镶嵌了一金丝，吃起来有一股蜂蜜的甜香。

“这只蜜柚真有蜜柚的味道啊。”一边吃一边满足地叹气。

好的水果，皆有自己的味道。苹果有苹果的味道，橘子有橘子的味道，香蕉有香蕉的味道。不知什么缘故，现在水果没有自己的味道了。苹果吃起来不像苹果，倒像在啃石头。香蕉硬邦邦的，中间有一截永远长不熟。橘子不酸也不甜，味道寡淡极了。

有一天，去买哈密瓜，让水果店的小伙子切好，装在塑料盒子里。尝了一片，那哈密瓜有一股说不出的怪味，肉也软不拉几的。只好拎了那盒哈密瓜回家，放在冰箱里，没人要吃。

“吃水果，要吃应季的。夏天的哈密瓜，一块九毛八一斤，又甜又脆，蜜汁里浸过一样。”临走时，水果店的小伙子告诫我，“下次别买哈密瓜了，这时节，蜜柚上市，买蜜柚吃。”

果然，买回来的蜜柚都很好吃。不像早一些日子，买的蜜柚个头大，剥开来皮厚得像棉絮，里面干巴巴的，一点水分也没有，还贼贵贼贵的。

那个小伙子诚不欺我。

长在树上的蜜柚，我见过一回。有一年去缙云，在山上一个农户家的院子里。用一把钩子，想钩哪一只就钩哪一只。“砰”的一声，蜜柚像一只炸弹掉下来。小心，卧倒！院子里一片哄笑声。缙云的深山，农妇不识钱，给十块钱，买十只蜜柚，要一块一块给，那是二十年前的事情。

我没见过蜜柚的花。想象中，蜜柚的花，应是小小的，白白的，弥漫着一股淡淡的清香，有一点甜蜜有一点忧伤。想不到那么小的花，竟可以结出硕大的果子。好比一个小个子的女人可以生出大胖儿子。自然界物种的孕育、繁衍，就是这么神奇。

蜜柚小时候，像一颗青梅，长大一点，像一只橘子，再长大一些，就变得像灯泡一样大。有一天黄昏，经过小区里一户人家，一株结了柚子的树，还以为挂了许多盏灯泡呢。那户人家的柚子并不好吃，我妈有一天在树底下捡了一只，拿回家，剖开，皮厚得像棉絮，肉又涩又苦。我妈“呸”一口吐掉了。后来，我妈才知道，这是供人观赏的柚子树。我妈说，城里人真奇怪，结的果子不吃，竟只是为了好看。

不过渐渐地，我妈见怪不怪了。在城里住了几年以后，我妈每天都要沿着公园溜达一圈，还美其名曰“健步”。几个老太太，吃过饭没事干就在广场上跳跳舞，别提有多欢快。我妈倒是对我忧心忡忡，成天关在屋子里，也不晓得出去健个身。

“有空去游个泳，练个瑜伽啥的。”

天哪，我妈竟然连瑜伽都晓得。

说起我妈，免不了要啰唆一大通。还是继续说蜜柚吧。话说，多吃花菜会花心，那么多吃蜜柚，会变得甜蜜一点有没有？反正我吃了蜜柚，心里还蛮甜蜜的。

女儿住宿以后，我和他又回到了两人世界。

起初觉得甚是冷清，渐渐也习惯起来。晚上，一个在客厅，一个在书房，互不打扰，相安无事。

客厅一角，摆了一个吧台。平日里我就在这小小的吧台上写字。

写累了，剥一只蜜柚吃，嚷嚷着让他剥，他从书房里出来，剖一只蜜柚，去皮，剥成一瓣一瓣，放在一个白瓷盘里，两个人默不作声吃完。

“愿有素心人，陪你数晨昏。”

也许幸福就是，有一个人，愿意陪着你，度过每一个平淡无奇的时刻。

世界这么好，因为有你在。

于是，所有的时光像柚子一样甜蜜。

|第六辑|

童 花 头

童花头

我小时候一蓬乱发像秋后的茅草，枯黄，打结，要命的是里面还爬满了虱子。这些可恶的小东西，盘踞在头顶，耳郭边，令头皮奇痒无比，用手一捋，就能捋到一只白白胖胖的大虱子，用两片大拇指甲夹住，“嘣”的一声，指甲上染到一点血迹，想必就是这吸血鬼从我头皮上吸的血。

怪不得我长得面黄肌瘦。更可恶的是，虱子长脚，它们还会从这个人头上跳到另一个头上。虱子们很挑剔，它们好像特别喜欢黄头发长辫子的小女孩。城里的小表妹来过夜，挨着我睡，就长上了虱子。她咬牙切齿地说：“讨厌的姐姐。”我很羞愧，我自己也不想长虱子的呀，这压根就不是一件我所能防备的事情。

奶奶却恐慌起来，怕得罪了小表妹。她迈着小脚去祖坟地里采了木槿叶子，搓出绿汪汪的汁水，搬一把竹椅子，在太阳底下给我洗头。木槿叶子洗过的头发，香喷喷的，奶奶在脸盆里加一点除虫剂，据说这样可以杀死虱子。用清水洗净后，奶奶用篦子给我篦头发，死虱子像头皮屑似的落了一地。只是头发上仍沾着一股难闻的味道，好几天都散不掉。

总算过了一段清净日子，可好景不长，一个春日黄昏，我在廊檐下跳皮筋，跳出了热汗，脱下的衣服和英子的重叠在一处，可恶的虱子趁着我不注意，跳进了我的衣服里，我又长虱子啦，真是气死人啦。

奶奶说，既然虱子只能待在头发上，那么只要把头发剃掉，虱子不就无处容身了吗。说干就干，奶奶拿来剪刀和推子，准备给我剃个光光头，可是事到临头，她又犹豫起来，要是不好看怎么办？“奶奶，你怕什么，头发剪掉了还会长出来呀。”奶奶听了我的提醒，恍然大悟，这才动手给我剃光了头发。

淡青色的头皮，活脱脱一个小尼姑。奶奶笑嘻嘻地端详着我的光光头，仿佛在看一件伟大的作品。我也喜不自胜：“奶奶你瞧，头皮一点也不痒啦。”可是父亲晚上回家就冲奶奶发了一顿火：“好好的女孩子家，丑死了。”父亲硬是一个礼拜没理会奶奶。

奶奶只好给我戴了一顶绒线帽。村子里的天生看见我，故意问我：“你干啥戴一顶帽子呀？”“我喜欢呗。”我若无其事地回答。天生趁我不备，把我的帽子掀掉了。“哈哈，原来是个白白头。”

那段日子，我很怕出门，很怕遇到这个说我“白白头”的天生。可是害怕什么就遇见什么，每次出门，我总会不偏不倚遇见天生。他远远地走来，冲我指手画脚，嬉笑一通，好似得了天大的便宜。我心里别提多讨厌他了，只好低着头，匆匆从他身边跑过去。多年以后，天生见了我，仍要和我提起这情景，好似除此之外，再没什么别的可说了。

日子飞也似的过去了，不知何时，我的头发也长到齐耳根了。这一次，奶奶给我剪了一个好看的童花头。我冲着小圆镜，左看右看，心里升起一种莫名的欢喜。大概每一个女孩，都应该留长头发，扎一束马尾，编一条麻花辫，别一个粉红色的蝴蝶结，或发箍。再不然，至少也得留童花头，这样子才好看。

有一年，流行起一部打篮球的电视剧，里面的女主角剪短发。我的童花头，忽然成为大家羡慕和模仿的对象。一夜之间，班级里的女生个个都顶着一个童花头，像教室里长出的一只只小蘑菇。

流行风转瞬即逝，女孩子们渐渐又恢复往日固有的发型。从那时候到现在，美发潮流风起云涌，玉米头，烟花头，爆炸头，荷花头，梨花头……有一年，甚至还流行起剃光头。我的一个女友，还真的剃了个光头，仍旧很美，每日招摇过市，令人惊艳。

这么多年，我仍然留着童花头。有一天，我心血来潮，烫了一个梨花头，烫完后后悔死了。那个镜中人，怎么看都不像自己，只好折回店里又烫回来，理发师咧嘴：你真是不怕折腾呀。

只有我心里清楚，我怕麻烦，怕折腾，所以才决绝不肯改变。

这世界变化快，现在的小女孩们头上早已不长虱子了。这不，童花头底下的这张脸，也隐约可见斑点，横生起皱纹。

金耳环

我有一对金耳环，是十六岁那年母亲送给我的成年礼。它们悬挂在我白白胖胖的耳垂上，像哪吒的一对风火轮，晃呀晃的，看起来有点俗气。

不过我仍是天天戴着它们。想想看，母亲省吃俭用，好不容易才攒够了钱，去镇上的金子铺给我打了这对小东西。当它们送到我手里时，还装在一只大红色的锦盒里。锦盒盖上有个按钮，轻轻按一下，“啪嗒”一声就打开了。

几乎村子里每个花骨朵儿似的女孩子，都有这样一份成年礼，有的是耳环，有的是项链，要是谁家的女孩子没有，这家的大人，是要遭到别人的奚落的。

记得那晚母亲站在油灯下，给我戴耳环，可是我的耳洞怎么也找不着了。原来小时候穿的耳洞，因为天长日久荒芜着，它们早已让汗水和污垢堵住了。母亲拿了一根银针，小心翼翼地把耳洞疏通，这才帮我戴上了金耳环。她笑吟吟地看着我，看得我都有点不好意思了。她的目光里居然含着一点艳羡。我这才注意到，原来母亲的耳垂也是空荡荡的。

我想把金耳环让给母亲。母亲执意不肯。母亲说外公也送给她过一副金耳环，只是有一次去河边洗衣服，不小心掉了一只，她为此伤心了好久。后来把剩下的一只，打成了一枚金戒指，就是现在一直戴的这一枚。母亲伸出左手无名指，果然有个黄乎乎的东西。

原来我一直不留意母亲，不知道母亲每天穿什么衣服，有没有戴首饰。甚至母亲留着长发短发，在我脑海里也是模糊的。印象中母亲是个略微发福的妇人。说不上漂亮，但也不丑。有一次我从衣橱里翻出一件月牙白的旗袍，还以为是母亲给我做的新衣裳。不料母亲笑着说："那是我做姑娘时穿的。"呀，我忘了母亲也是一个纤瘦美好的女孩子变的，从那天起就偷偷关注起母亲来。

我在抽屉里找到一张结婚照。母亲的两条长辫子垂下来，搁在胸前，她笑吟吟的样子，也是很美的。父亲穿着中山装，英挺帅气，这大概是他们一起拍的唯一一张照片。

两年后，我去外地念书。我嫌那对金耳环太俗气了。临行前把它们摘下来，耳环的边沿已经发黑了，大概是常年戴在身上的缘故。身上的毒气都跑到里面去了。母亲说，身上戴点金子银子，是可以强身健体的。村子里有个病恹恹的老太太，自从戴了一枚金戒指，气色就一天比一天好。要是哪天小孩子受了惊，拿一枚银戒指放在枕边，也是能压了那惊的。

我不大相信母亲说的这些话。可是母亲说凡是看不见的东西，我们都要心存敬畏。

奇怪的事情发生了。我刚到学校就开始头疼，眼冒金星，母亲疑心是水土不服。谁知接回家休息了几天，病症越来越严重了。母亲急了，和父亲一起送我去县城医院。医生给我做了全身检查，诊断一切正常。

医生只好开了一堆静气养神的中药，让我每日煎服。有一天服药的时候，母亲看见我空荡荡的耳垂，好像顿悟到什么似的，连忙从抽屉里找出金耳环给我戴上。第二天，我似乎好了些，过了几天，我完全恢复了。浑身似乎又有使不完的劲儿了。真是邪门。母亲深信这一次是金子大仙作的祟。

还有碗仙、碟仙呢。母亲说，有的话不可以随便乱讲。比如有一次村子里很多人家遭贼，我说贼咋不来光顾我家。我这么一说，贼果然晚上就来了。要是有人这样夸爷爷："您老红光满面，健硕得像一头牛。"母亲也以为是不吉利的，那样的好话会折爷爷的寿，反正什么话都不能说得太满。

女儿出生以后，母亲替我把那对金耳环打成了一只金镯子。母亲相信小孩子身上戴点金子可以辟邪。我现在也真的这样相信。

我把金镯子套在女儿白白胖胖的小胳膊上，恳请金子大仙护佑女儿一生平安。

布 鞋

周末在老北京布鞋店买了一双布鞋，斑马纹，看起来很像一支叫“随便”的雪糕。喜欢穿布鞋已经有很多年了，因为穿起来很舒服。说起来很惭愧，我的脚长得特别大，有 38 码，想塞进一双漂亮的鱼嘴鞋，还真是有点难度。高跟鞋就更不用说了，穿了简直像受刑，只在结婚那天穿了一次，就发誓再也不穿这种“在刀尖上舞蹈”的鞋子了。

想一想，一个人的脚是最要爱护疼惜的。一生的路程，它都不辞辛劳地替我们走下来。每一双脚实在都应该找到一双好鞋，穿上一双舒适合脚的鞋子，走再远的路也不会觉得辛苦。

小时候穿的布鞋，鞋底是母亲一针针纳出来的，母亲总是拿着略大一点的鞋样，因为等她做好鞋子，我们的小脚早就又长了一大截了。小时候穿鞋子就是过节。因为过节时才有新鞋子穿。我们穿着新鞋子走亲戚，踢毽子和跳皮筋仍穿旧鞋子。

我一直习惯穿布鞋。幸好后来流行起布鞋来了，不愁没地方买。生意最兴隆的要数老北京布鞋店，在市区开了四五家连锁店，价格便宜，款式也很多。我隔一阵就去逛一家，看看有没有不重样的。去的最多的是勤俭路上的店，老板是个很细心的人，每一双鞋子都编着一个号码，卖掉一双划去一双。老板很会做生意，买鞋时会送顾客一双暗蓝色的纯棉鞋垫。

我有过一次提着鞋子走路的经历。有一次去杭州，想要臭美，穿了一双玫红色小羊皮鞋，搭配一条羊毛裙，在家里穿的时候并不觉得挤脚。可是下了火车，走了一段路，脚后跟就火辣辣地疼起来，只好把鞋子脱掉，光着脚一直走到西湖边，找到拐角处那家老北京布鞋店，买了布鞋换上，这才高高兴兴地游西湖去了。

还有一次去朱家角，沿街的店铺里摆满了绣花鞋：玫红，淡青，湖蓝，墨绿，看起来美极了。草妹妹挑了两双墨绿色的，送我一双。鞋沿镶着金边，鞋面绣着细碎的花朵。后来，草妹妹又赠我一条墨绿色的连衣裙，灯芯绒的料子，七分袖，大裙摆，搭配这双绣花鞋，穿起来很有民国范儿。

我算不上购物狂，可是鞋柜里也塞满了鞋子。不过现在的女子，哪个没有十几双鞋子？有的鞋子买回来压根就没有和脚亲热过，因为发现没有合适的衣服相配，只好束之高阁。总不能为了一双鞋子，再去买一套衣服回来吧。

人其实是恋旧的动物。穿惯了一双鞋子，就愿意天天穿着它，对它充满了爱恋。所以我舍不得把家里的旧鞋子统统扔掉。一个成年人，其实只要有一双鞋子就足够了。穿坏了再买新的。可惜很少有人明白这个道理。要是一个人有几十上百双鞋子，每天出门站在鞋柜前，她心里也许有国王般的满足，可一定也有踌躇：到底穿哪一双好呢。

说起来是这样，可是遇见心仪的鞋子时，我仍旧忍不住想买。我想着可能有一天，兴许可以穿上它，坐上火车去远行，去见一片风景，去见一个人。

鞋子永远不知道自己会遇见怎样的主人，我们也永远不知道，这双鞋子可以带着我们的脚，走多远，去哪里，遇见谁。

拔　牙

有一次，我咬一个桃子，把门牙给嗑坏了。这颗门牙的边缘，早已发黄，小虫子在里边扎了营。医生没给我拔掉，只把尖锐处磨平，再注入一种奶白色的液体。坏牙就神奇地长好了，简直和新牙一模一样。

医生擎着一面小圆镜，冲我说："你看是不是变漂亮了？"镜中的人儿，露出了一口洁白整齐的牙齿，朝我羞涩地笑了。

一颗好牙带给人的好心情，是我所料想不到的。我喜欢笑了，拍照也不再紧闭嘴巴了。怪不得女星们都喜欢整牙，身穿晚礼服的她们，轻启红唇，露出洁白亮丽的牙齿，一个个笑靥如花。

小时候，我因为太喜欢吃糖，长了一口歪歪扭扭的小牙齿。母亲把我拉到井栏边学刷牙。可刷着刷着，我就把牙膏沫子吞进了肚子，辣出了眼泪。很长一段时间，我都拒绝刷牙。直到有一天，我的磨牙坏了，它一咬到冷的热的食物，就疼痛发酸。

我的半边脸都肿了起来，可我仍不肯去看牙医。我讨厌牙科诊所里消毒水的味道，我也怕锤子敲打牙齿时发出狰狞的叫声。

等到牙根都腐烂了，再也拖不下去的时候，我只好老老实实地躺到了牙科诊所的椅子上。

"医生，会很疼吗？"我迟疑着不肯张开嘴巴。

"不会的。这不是有麻药吗？"医生抬起手中长长的针头。

"可是医生，我要晕针的呀。"我仍是害怕。

“没事呀。你不是已经躺在椅子上了吗?”医生故意幽默了一下。

那个心狠手辣的牙医，用钻头把我的牙齿敲碎，裂成了三块。他很快就拔掉了两块，最后一块，却卡在那里拔不下来了。他小声嘟囔了一句:“你的牙怎么这么牢固呀。”我眼前一黑。幸好，他往手上增加了一点力，牙齿掉了。真是谢天谢地。

大概谁都有过拔牙的痛苦经历。只有小孩子，不惧怕拔牙。有一天，女儿跑来找我:“妈妈，我的牙齿松动了。”她张开嘴巴让我瞧。呀，里面有颗小牙齿顶出来了。我赶紧带她去医院。牙医沾点药粉，拿个镊子轻轻一拔，小牙齿就掉下来了。

那颗奶白色的小牙齿，静静地躺在我的掌心里，让我想到生命的轮回。人生好比有一颗新牙冒出来，就势必要拔掉一颗旧牙，如此而已。

老姑娘

那家杂货店在老街的尽头。走过去，要经过两座石拱桥，它们一律脊背弯弯，如饮水的老牛。

走过去，经过一家剃头铺。剃头铺的阿三，脖子里围着一块看不出颜色的布。再走过去，还要经过一家水果店。水果店的老婆婆，脸皱巴巴的，像卖不掉的橘子。

只有那个杂货店的女孩子。留着波波头，穿着清爽的白裙子，很像个女学生。她甚至有女学生的矜持，见了人，总要低下头。那一低头的温柔，就在你的心头晃呀晃的。

她手里多半拿着一本旧小说，琼瑶或三毛。那些爱来爱去的故事，她总是看不够。她闲闲地靠在藤椅上，有一搭没一搭地翻着书。

有时半天也不会来一个客人。有时木门嘎吱一声响起，她脸上显出一抹惊喜，来的却是隔壁那只老猫。

日头从东边移到了西边。一天又在等待中过去了。也许漫长的一生，都将消磨在等待里。

她在等待那个花季遇见的少年，他在她手里买过一叠毛边信封，她低着头递给他时，她的目光不敢接着他的。她只看见他穿的白球鞋，斜挎的一个军绿色书包。

后来，他经常来。有时买一支毛笔，有时买一叠信纸，有时痴痴地看着她，她暗地里叫他“书呆子”。她不记得他有没有塞过一封信给她，也许有过的，只是那天她凑巧不在，让她母亲捡了去。她总疑心事实如此，不然，后来他怎就像一只杳去的黄鹤，再也不来了呢。

她在等待那个惊鸿一瞥的中年男子。人生若只如初见。有一个夜晚，他牵着月色这匹白马，闯进了她的心扉。他粗壮的胳膊环绕着她的，喊她“亲爱的小傻瓜”。她明明知道那个人，一定不是她的梦境。可是她不明白，为什么，只有在梦境中，她才可以和他相见？

杂货店的光线终日暗沉沉的。她一个人坐在寂静的时光里，也不知道人世往来如梭。她还是那个纯真、清澈的女孩子。

可他们都说她已经是一个老姑娘了，她忍着眼泪，不相信这是真的。

佩　佩

佩佩是住在河对岸的小姑娘。

河对岸是我们这一带的富人区，住着生意人、教师、医生、广播电台播音员、乡镇干部。

佩佩的母亲是个女主播，细高个儿，白皮肤。她不说话的时候，脸上也总是带着笑，她看起来真年轻呀，像佩佩的姐姐。

佩佩的父亲是乡镇干部，和前妻离婚，娶了佩佩的母亲，过了一年，生下了佩佩。

大概抢了别人丈夫的女人，很让人看不起。佩佩的母亲，走路也总是低人一截。说话也轻声轻气的，只有在广播里，才敢露出脆生生的声音。那个声音听起来纯美温柔，仿佛不是人间的声音。

佩佩的父亲很爱妻子，每天下班就急匆匆地穿过两条马路，去广播站接妻子。他们从茂密的法国梧桐树下走出来，一个挽着另一个的手，很亲密恩爱的样子。佩佩的父亲，完全臣服于这个妻子。他的将军肚，醒目地向外凸着，这让穿着薄薄的苹果绿大衣的佩佩母亲，看起来更像个少女。

佩佩的母亲，一点儿也不像个母亲。她爱吃糖葫芦，买布娃娃，在花园里摘玫瑰花，跳皮筋。有时候，她还把餐桌上的白桌布，裹在身上当披肩。

只是她看着佩佩的时候，柔情中带着一丝忧郁。

五岁的佩佩，不会说话，见到陌生人就躲，她总是出奇的安静，安静得令人不安，心慌。

有一日，他们一家三口坐了渡轮，带佩佩去城里看病。医生在诊断单上潦草地写了三个字：自闭症。

那件苹果绿的大衣，从佩佩母亲肩上簌簌地滑落下来。她拽着医生的胳膊，泪水涟涟地问："有原因吗？"医生摇摇头。

那些歹毒的长舌妇，在背地里说："这就是报应啊。"

寺　庙

在故乡的寺庙前，蹲着一对石狮子。

霞光和暮色，给它们穿上了金光闪闪的衣裳。

它们静静地蹲在青铜门环底下，像两个忠实的守门人。几十年过去了，从来都没有挪过一下身子，甚至，连眼睛都没有眨动一下。

寺庙的园子里，栽着两株银杏树。一雌一雄，一株的根系，连接着另一株；一株的枝叶，缠绕着另一株，像两个相守千年的恋人。

女儿伸出小胳膊，摸着斑驳的树干："妈妈，你看它们的腰肢多粗呀。"

我指着挂在树身上的牌子："丫头，这是两株古树呢。'树龄约960年。'"

她惊讶地叫道："哇噻，好厉害呀。妈妈，树可以活一千岁，为什么太太只能活一百岁？"

她不知道一只豆娘只能活一个朝夕。也许树木是自然界算得上最长寿的生命了。比如胡杨树，生而不死一千年，死而不倒一千年，倒而不朽一千年。

也许寺庙的香火和诵经声，滋养了两株银杏树。那些生活在清净之地，或偏居一隅的事物，通常都有着更旺盛的生命力。

比如太太，她活了整整一百岁，是村庄里最长寿的老人了。有人骂她是个死不掉的老妖精，她抿着没牙的嘴笑道："比起寺庙的银杏树，我年纪还小着呢。”

你看人对生就是这么贪恋。

我不记得太太有没有生过病。也许生过的，吃了庙里求的仙丹，立马就好了。太太逢人就夸这庙里的菩萨灵验，她每个月都要去一趟寺庙，拄着一根木头拐杖，买上一炷香，捐几个卖鸡蛋的钱。

寺庙修得很漂亮。新建了大雄宝殿、玉佛殿、伽蓝殿，请来了很多尊者和菩萨，释迦牟尼、千手观音、十二尊者、关老爷、济公，浓眉，善目，慈悲，庄严。

女儿跟着太太，跪在蒲团上。她双手合掌，嘴里念念有词。在她看来，这是顶好玩的事儿。太太从香案上拿了一颗糖果，塞给女儿："小囡，你吃下去，就能变聪明啦。" "真有这么神奇吗，太太。我吃下去考试能得一百分吗?" "那当然。" 太太瘪着嘴巴，信誓旦旦地说。

这就是太太的信仰。一个人，只要心中怀着这样一口热气，无论她活了多久，都好似一个新生的孩子。

邮　局

怀秀桥北一直走到底，是小镇的邮局。日光斜斜地，穿过了香樟树的浓荫，和浓荫下一只静静伫立的邮筒。

我相信那个绿漆斑驳的邮筒，是通往外面世界的连接器。它终日站在那里，可却洞悉了整个小镇的秘密。

那个手里举着一张录取通知书的孩子，恨不得身上插一双翅膀，一路飞奔着，要把“金榜题名”的好消息告诉亲人。

那个客居他乡的老知青，胡须皆白，仍念念不忘山楂树下初恋的女子，每月必寄出一封信，打听她的下落。

那个丈夫在外地出差的少妇，怀里抱着一个淡紫色的信封，她用吴侬软语，诉说他不在的日子，她朝思暮想，夜不能寐的情景，顺带问个归期。

那个儿子去参军的农妇，纳了新鞋，打成包裹，寄到青海或更远处，那些她只在地图上见过，小蚂蚁似的地方，她曾在灯下一遍遍抚摸过。她不怕那里天寒地冻，也不怕儿子是否吃得惯食堂的伙食。可是她想着儿子顶喜欢穿她纳的千层底，他穿上走起路来，一定虎虎有生气。

那个蹒跚走来的老人，请人代写了一封家书，寄给狱中的大儿子。无非是“家中一切甚好，请勿挂念，好好改造，争取减刑”。他的小儿子，入赘到别人家里，备受女方欺压，有一日喝农药自杀了。哥哥一气之下，掀了别人的屋顶，犯了故意损害他人物品罪——要吃半年官司。

最热闹的，要数那些穿棉裙子的女学生，三三两两的，从香樟树的浓荫里走出来。她们十五六岁，正是情窦初开的年纪。午休的时候，她们在班主任的眼皮底下，偷偷溜出教室，给远方未曾谋面的笔友寄信。

我也是那些女学生之一。有几年，我把时光交给了邮局。每日写信，等信，盼着那个身穿绿衣服的邮差，从邮包的大肚子里掏出信——有时是一叠，有时是一封。那些寄信人，我大多不认识，但也有一两个熟悉的。

那些信件，历经万水千山，长途跋涉而来。来到我这里时，有的已经面目全非——信封上满是皱褶，粘着尘垢。有的还散了封口。可仍俨然一个忠实的使者，把那个人的笑声和情谊，带到你面前。

小小的邮局，像日子的收发站。把一个个日子寄出去，又收回来。寄出的是风花，收回的是雪月，余下的是等待。

有一天，那个坐在邮局里的男人，抬起一双秀气的眼睛，终于忍不住问我：“你是干什么的?”他大概以为，我是一个终日无所事事者，信痴。

我没有回答他。低着头逃掉了。

很多年以后，我回到小镇。那个邮局，在原址上新建了一幢商务楼，邮局仍在大楼底层，门厅敞亮。我推开透明的玻璃窗，走进去。看见他坐在大理石台板下——瘦削的身子，似乎越发瘦削了。秀气的眼睛，竟让一架黑框眼镜给遮起来了。

他抬头茫然看了一下。没有认出我，他当然认不出我了。当年怯怯的女学生，也早已嫁作人妇。香樟树的浓荫仍在，只是昔日的女学生，一个个从浓荫下走散了。

解开语文阅读的“金钥匙”

简儿作品阅读训练

提分策略　答题技巧

简　儿　著

非卖品

目　录

放牧春天的人

（1）村子经常会莫名其妙地出现一些人，比如年关将近的时候，会有一个穿着黄色棉布大衣，络腮胡子的男人，我们叫他爆米花的。还有拎着一只装着绿羽毛小鸟的笼子的算命先生、箍捅匠、修伞匠，他们都是游侠似的人物。

（2）春天的时候呢，还有一些赶鸭子的，放蜜蜂的，剪兔毛的，谁也不知道他们从哪里来，要到哪里去。不过他们好像经过了长途跋涉，到达村子里的时候，通常已经是黄昏了。夕阳暖融融地照在他们身上，好像给他们涂上了一层神秘的色彩。再加上他们脸上那一点略显疲惫的神情，简直有一点像大地上的行吟诗人了。

（3）有一天黄昏，我走在田埂上，迎面走来了一个瘦高个子的男人，他背着一个大木箱。我很好奇他的箱子里装的是什么。就跟着他走了一段。当走到一片油菜花地的时候，他突然打开木箱子，我听见一阵嗡嗡声，接着无数的蜜蜂从箱子里涌出来，飞到油菜花田里。我这才明白他是一个养蜂人。

（4）他指着远处的一个草棚说，那是他和他的那些蜜蜂的营寨。这里的油菜花真美啊。他甚至像个抒情诗人冲着浩荡的春风张开了两条手臂。他邀请我去他的草房子里玩，那房子搭得还真不错，雨水渗不进，风吹不进，地上还铺着塑料纸。他没有娶老婆，和他的十几箱蜜蜂生活在一起。

（5）他的名字叫周云篷。那真是一个好名字。周瑜的周，云朵的云，大篷车的篷。很多年以后，我听说有个摇滚歌手也是这个名字。我想，他会不会就是我认识的那个养蜂人呢。

（6）周云篷白天跟着一群蜜蜂在青龙湾到处跑，晚上呢，就回到他的草房子里把采来的蜂蜜装在玻璃瓶子里。村子里的人去买蜂蜜，买好了就坐在塑料纸上跟他聊聊天。他说他的故乡在远方，一个白云之上的小山村。天蓝得像刚刚洗过一样。风轻柔得好像妈妈哼唱的摇篮曲。他说话的腔调也像一个诗人。既然他住在那么一个美丽的地方，为什么又大老远地跑到我们村子里来呢。我好奇地问。他说他是跟着春天的脚步一路过来的。春天来到了青龙湾，所以他只好也跟着来到青龙湾了呢。

（7）这么说，你是一个放牧春天的人喽。我这样说的时候，他哈哈大笑起来。他说也可以这样说吧。他一边跟别人聊天，一边指挥着他的蜜蜂在油菜花丛中飞来飞去。他说这些油菜花啊，过不了多久就会谢掉。春天也是一样，短暂得像一首歌。

（8）果然二十天以后，周云篷的草房子就没了踪影，好像大地上从来没有搭起过那个房子一样。我走过那片空荡荡的草地，只看到一片被踩瘪了的青草。油菜花已经凋谢，结出了青青的菜籽。我仿佛看见那个放牧春天的人，挥了一下手中的鞭子，春天就又跑到别的地方去了。

（9）我独自走在田埂上，风从我身边跑过来，又跑过去，风吹落了我轻轻的叹息。我想在漫无边际的游荡与闲逛中，兴许还可以遇见很多有意思的人。

阅读训练及参考答案：

1. 本文以“放牧春天的人”为题有什么好处呢？

答：文题形象含蓄，既点明本文主要写作对象，用诗意语言吸引读者，又含蓄地寄托作者对养蜂人的赞美，感谢他给自己带来春天一样美好的生活。

2. 本文语言形象生动，请赏析下面语句。

春天也是一样，短暂得像一首歌。

答：本句运用比喻修辞，把美好的春天比作一首温暖的歌，既是赞美，也有春光易逝的淡淡哀愁。

我仿佛看见那个放牧春天的人，挥了一下手中的鞭子，春天就又跑到别的地方去了。

答：本句运用拟人修辞，把春天拟为温顺的人，任随养蜂人吩咐，既赞美养蜂人的神奇之处，也对春光来去匆匆的惋惜。

3. 村中出现许多有意思的人，他们到底带来哪些美好的东西？

答：他们是各行各业的人，虽然不知来历，显得莫名其妙，但他们像游侠、行吟诗人一样，给我带来神秘的向往，带来灿烂的春光，带走我无端的叹息，让我热爱生活，热爱乡土，热爱自然。

野番薯地

（1）我家屋背后有一片空地，堆着鱼鳞似的瓦片，那是我们家造房子时剩下的。乡下人把什么破烂东西都当成宝贝，柜子里塞满了鞋底，牙膏，衣服的边角料，等着货郎来村子里的那一天，好搜出来换玻璃珠子和皮筋。

（2）那瓦片上爬了一片野番薯藤，不知是小鸟衔来的种子，还是它们自己长出来的，反正很快就爬满了瓦砾，欣欣然呈蔓延之势。那野番薯叶子奇大，镶着暗红色的边，春天时开出细碎的白花，风一吹，有一股奇异的香气，使人昏昏然、醺醺然。也许那香气闻了使人中毒也说不定，可是小孩子才不会管。

（3）照例一天到晚野猴子似的在外面乱窜。

（4）野番薯地里长着狗尾巴草和蛇莓。那蛇莓招摇着艳红色的果子，偶尔还能看到蛇褪下的皮，白乎乎塑料纸似的一截，看着就令人脊背发凉。

（5）村子里的蛇实在太多，潜伏在墙脚边，瓦砾下，稻草垛底下，甚至于碗橱之中。有一次打开碗橱，赫然发现一尾青蛇，正骨碌着三角形的小眼睛瞅着我，吓得我一边大喊救命一边逃到屋子外，“咚”一声撞到奶奶身上。

（6）“死丫头，大白天撞见鬼了？”奶奶劈头骂我。

（7）“奶奶……比鬼还可怕……是蛇……碗橱里有一条蛇……”我害怕得结巴起来。

（8）“那是显灵的祖宗，庇佑家里太平的。”奶奶舀了一碗米，恭恭敬敬放到碗橱上，朝青蛇作揖，那青蛇竟忽然消失不见了，真是奇哉。尽管奶奶一口一个祖宗，我的脊背仍是凉飕飕的，每次打开碗橱就无端地惧怕，幸而后来那青蛇一次也不复出现。

（9）会不会它游到野番薯地去了，我疑心着，那蛇莓吐着红信子，一日艳似一日。

（10）野番薯藤不长果实，不过摘下它的茎，照例可以一搭一搭地折成项链和手链，叮叮当当挂在身上，走起路来一步三摇，俨然美丽的新娘子。这时候隔壁的海兵哥和阿牛哥就蹲下来当轿夫，四只手绞在一起搭一顶轿子，让新娘子坐到轿子上。两个轿夫还兼任了乐师，呜呜哇哇吹起唢呐。

（11）接下来是拜天地，吃喜酒。摘了野番薯藤的叶子，狗尾巴草，剁碎，揉出籽，又采了蛇莓（大喜的日子，忽而壮了胆子，对蛇的畏惧之心也收敛了不少），盛在瓦片的盘子里，舀了墙脚边一只瓦罐里蓄的雨水当美酒，层层叠叠摆了一地。又捡了树枝当筷子，有滋有味地“吃”起宴席来。

待到有一日披上嫁衣，才发现一切早就在童年预演得烂熟于心。

（12）原来人生的盛大与恢宏，只不过是一场童年办的家家酒。那么，还有什么事情是我们所不能释然的呢？长大了的我们，无论在何时、何地，怎样的境遇中，只需保持着一颗天真烂漫之心就好了。

（13）然而一个人永葆童心终究是不可能的，譬如现在的我，仍去折野番薯的紫茎项链披挂一身，谁见了都非要以为是疯子。

（14）在我们村子里，倒是有一个疯子的，是个模样很秀气的青年，名字叫阿盼，每天都是笑眯眯的，所以我们叫他眯眯盼。我们过家家的时候，眯眯盼来了，于是我们请他入席，饮酒，吃菜，他接过瓦片里的雨水一饮而尽，又吃光了几盘蛇莓，嘴角染上了红色的汁液。长大以后，我听说蛇莓长在蛇出没的地方，可解蛇毒，因它本身有剧毒，可是眯眯盼吃了并没有中毒。第二天他又好端端地来了，继续充当我们婚礼的宾客。

（15）屋背后的那堆瓦片和野番薯地，不知何时毁掉了，父亲在那里安了自来水管，又砌了一堵围墙。在围墙边，砌了一个花坛，种了桂花、金橘和月季。地是水泥地，再也没有蛇的踪迹了。办家家酒的小伙伴纷纷作了鸟兽散，眯眯盼有一天从村子里消失了踪影再也没有回来，亲爱的奶奶也已不在人世许久了。可是，每当我回到故乡，从围墙下走过的时候，依然闻到那股奇异的香气。

(16) 人的一生，无论走得多远，也许最快乐的时光，就是在童年。那时天地之间一切皆为宝物，一切皆为乐事，那真是生命中至福的时刻。

阅读训练及参考答案：

1. 野番薯地只是一片荒芜的空地，它有哪些让我难以忘怀的呢？

答：这里有充满生机的野番薯、狗尾巴草、蛇莓，有让我胆寒的蛇，有小伙伴办的家家酒。

2. 叙写家里碗橱里的蛇故事，在文章结构和内容上有什么作用呢？

答：这里运用插叙，补充交代有关蛇的记忆，充实行文内容，增加文章的神秘色彩，寄托番薯地给予我童年无限的快乐。

3. “我疑心着，那蛇莓吐着红信子，一日艳似一日。”一句形象含蓄，请做简要赏析。

答：此句运用联想，由蛇莓的红艳想到蛇的红信子，既写蛇莓的红艳诱人，又巧妙地把心有余悸表现出来。

4. 请结合上下文，品味“可是，每当我回到故乡，从围墙下走过的时候，依然闻到那股奇异的香气。”一句的丰富内涵。

答：那股奇异的香气，最先来自围墙下的番薯花。而时光流逝后，花香虽不在，但围墙下美好的景物以及与童年伙伴们一起做的游戏，如花一样，时刻萦绕心间。

马 兰 头

（1）春天来了，我和英子磨刀霍霍去青龙湾挑马兰。青龙湾的野花开了，小飞莲、苍耳、打碗碗花和婆婆纳。大地犹如一幅彩色的织锦，我和英子像在织锦上跳舞的女孩。走着走着，英子忽然停了下来，我凑过去一看，草丛中长着一堆马兰头，绿莹莹、脆生生的叶子挤挤挨挨在一起。那时候的青龙湾，简直像一个聚宝盆，春风一吹，马兰头、荠菜和野水芹，欣欣然睁开了眼，好奇地打量着这个世界。可没等看清楚状况，就被我们的小剪子咔嚓一下剪了下来。

（2）太阳公公喜洋洋，像一只红皮球，被谁的臭脚丫一踢，骨碌骨碌地滚到河对岸去了。淡蓝色的炊烟从村子上空升起来，醉汉似的摇摇晃晃，走到天边绯红色的云霞里去。青龙湾美如仙境，只是那时候的我茫然不知，自己就是仙境中的小女孩呢。

（3）马兰头和春笋、豆干是绝配。把马兰头洗净，在水中焯一下捞起来晾干，春笋和豆干切成丝，用麻油拌一下，有一股植物的清淡之气。麻油是隔壁的春香奶奶手工做的，封在一只装汽水的玻璃瓶子里，豆干是从豆腐坊的女人挑的担子上买的。

（4）那个豆腐坊的女人，皮肤雪白，头发乌黑，眼睛大大的，像青龙潭的水一样幽深，掉在里面淹得死人。听说村长就掉了进去，幸好村长的那个黄脸婆，一把把村长捞了出来，还狠狠地扇了村长两个耳光。村长这才幡然醒悟。青龙湾的春天，就这样飞快地过去了，恍如一个消失的梦幻。

（5）仍旧来说马兰头和英子。春天的一个黄昏，我拎着小竹篮去找英子，英子的眼睛哭得肿肿的，她妈妈不让她念书了。要她在家里当织女（村子里流行织布机，英子家也买了两台）。我和英子走到河滩上。落日像一只红皮球，贴在青龙湾上空。我狠狠地朝它踢了一脚。我说英子，你也踢一脚吧，踢一脚就舒服多了。英子怯生生地抬起脚，使劲朝河对岸一踢。然后，她朝我粲然一笑，说，我们挑马兰吧。

（6）这是我和英子最后一次一起挑马兰。没过多久，我考上了师范。念好书回来时英子已经处了对象，是春香奶奶做的媒。她给我看一张和那个男的在人民公园拍的小照片。

（7）照片上的英子，穿着雪白的蓬蓬裙，一脸娇笑。听说英子嫁过去以后，那个男的起先待她还算好，生了一个女儿之后，脸色渐渐就难看起来。再见到英子，她已经是个胖女人了。身上一点也没有少女英子的影子。想必在她眼中，我亦不是少女时的我了。只有那河滩上的马兰头，仍在春风中蓬勃生长着，绿了一年又一年。

阅读训练及参考答案：

1. 马兰头让我念念不忘的原因有哪些呢，请简要概括。

答：首先，马兰头绿莹莹脆生生，满是春天的生机活力，讨人喜爱。然后，马兰头的美味吸引我。最后，好友英子，以及春香奶奶、豆腐女人，她们让我难以释怀。

2. 本文细节描写很传神，请品析下面语句表现人物怎样的微妙心理。

落日像一只红皮球，贴在青龙湾上空。我狠狠地朝它踢了一脚。我说英子，你也踢一脚吧，踢一脚就舒服多了。英子怯生生地抬起脚，使劲朝河对岸一踢。

答：文句重点描绘两人的动作，传神地写出我为英子抱不平，英子软弱，委屈，又很解气的微妙心理。

3. 文章有一处闲笔，关于豆腐女人的故事，你觉得有叙写的必要吗？

答：有叙写的必要，看似与马兰头无关，实则从吃马兰头引出，丰富文章内容，紧扣好梦易逝的主题。也可说没叙写的必要，因为与马兰头直接关联的是豆腐干，而村长对豆腐女人的爱慕已经偏离太远了。

4. 文末句“只有那河滩上的马兰头，仍在春风中蓬勃生长着，绿了一年又一年。”意味深长，你是如何理解的呢？

答：文末句引发感慨，让人回味。曾经美好的人与事都成了往事，不再回来，内心无限的失落惆怅。借春风又绿的盛景来反衬物是人非的落寞。

瓦　罐

（1）端午去逛月河街，在一家瓷器店遇见一只瓦罐。土黄的釉，裹着矮矮胖胖的身子，好个木头木脑的家伙，我对它一见倾心。

（2）仿佛那些深埋在光阴里的芍药，沿着这只瓦罐又回来了，一朵接着一朵，次第开放。

（3）一颗喑哑的心，多么像那时候的我，爱过，也痛过。

（4）乡下的屋檐下多的是这样的瓦罐，里面盛满了混浊的雨水。雨还在落下来，滴答滴答，好似日子的针脚。我的昨天去了哪里，谁能告诉我呢。

（5）瓦罐不说话，作为一件器物，它恪守自己的职责，接受命运的造化。有人把它扔在杂物间，它不吭一声；有人把它埋没在尘埃里，它毫不气恼；有人把它当宝贝捡了去，洗净后，摆在客厅的博古架上，它也淡然视之。

（6）在乡间，一只瓦罐有一只瓦罐的妙处。祖父用它腌盐荠菜，摘下春天的菜心，洗净晒干以后，撒上盐，封存在瓦罐里。盐荠菜黄了，熟了，切碎了拌点小红辣椒，特别下饭。

（7）至于用瓦罐制作臭豆腐，那也是祖父乐此不疲的事。割一把野苋菜的秆子，泡在有盐荠卤的瓦罐里。放置三五天，等苋菜化成了卤，把白豆腐扔进去，隔半天捞出，撒上葱花、姜丝，倒一些菜籽油，煮饭时蒸一蒸，揭开锅子，有一股浓郁的臭味儿，可是吃起来香极了。

（8）我以为瓦罐会变魔法。它还会变出什么呢，蘑菇、豆角、泡菜，日子的陈酿，还是一坛银圆？

（9）那天在饭桌上听朋友讲一个故事。说的是他小时候在村子里打鸟，有一处绝好的地方。那是一块空地，瘌痢头似的，只长出几株小草。大人们说那是一片火地，有邪气。堆在空地上的柴垛，雨天会无缘无故着起火来。据说从前那火地上有户人家，造房子时挖到了三坛银圆，用掉了一坛半。隔年，这家的老爷子就犯起咳嗽病。问病寻医了十多年，等把剩余的一坛半银子用完了，老爷子的咳嗽病也奇迹般地好了。村里人说，这家人祖上积的德，只够得一坛半银子。

（10）后来不知那户人家的房子怎么着的火，那家人的后裔，如今又流落到了哪里，也许只有那蒙在尘埃里的三只瓦罐知道了。

（11）再来说一个瓦罐的故事。记得我在乡下教课的小学校后面，有一户人家，两层的木楼，带着个园子。不知怎么进去过一回。低低的天井，种着几株芍药，有一股荒凉之气。

（12）芍药下卧着一只瓦罐，两只玲珑的耳朵，我的心忽然突突地跳起来，好像在什么地方已见过这东西似的。我问主人可否将瓦罐卖给我，主人却不肯，他说这瓦罐在荒芜的园子里，闲散久了，一定不愿意再受拘谨。

（13）心下释然。那个清癯瘦长的主人，他说得多好呀。可以守着一座园子，静静的光阴和流年，还有钟情于它的主人，这难道不是这一只瓦罐天大的福分吗。

（14）住在乡间的日子，现在想来，有点像世外桃源，只是当时并不自知。夕阳里穿过紫藤长廊，小操场，锁上木樨斑驳的旧铁门，心下便有些怆然：要在这鬼地方待多久呢。

（15）难不成要变成隔壁那个絮絮叨叨的陈老师。陈老师满头白发，夏天里也穿着一件旧棉服，听说她无儿无女，她像一只倦鸟似的，守护着孩子们。孩子们像一方方雁阵，从她怀里飞走了，她也患了老年痴呆症。人世恍如一场春梦呀。

（16）春梦无痕，然而留在我心底那些微微的悸动，到现在仍不能平息下来。对一枚叶子，一朵花，一只瓦罐如此；对一个人，亦是这样。

阅读训练及参考答案：

1. 在一家瓷器店遇见一只瓦罐，我为何会对它一见倾心呢？

答：因为它的外表土黄、矮胖，温和憨厚可爱，让我想起关于花、关于曾经的爱与痛的故事。

2. 文章叙写了关于瓦罐的哪些故事呢，请简要概括。

答：乡间用它腌菜，制作臭豆腐；一户人家挖得三罐银圆，而招来火气；园子主人不愿将闲散的瓦罐卖给我。

3. “我以为瓦罐会变魔法。它还会变出什么呢，蘑菇，豆角，泡菜，日子的陈酿，还是一坛银圆？”此句在行文结构上有什么作用，请简要分析。

答：承接上文瓦罐的许多妙处，自然引出“一坛银圆”，过渡到下文关于瓦罐的故事。

4. “这难道不是这一只瓦罐天大的福分么。”请指出瓦罐的福分具体是什么。

答：可以闲散地守着一座宁静的园子，陪着钟情于它的主人，淡然地，静静地度过流年。

桂香奶奶

（1）那日天空飘着棉花糖，我一个人躲在苞谷地里，风中吹来桂花油的香气。

（2）那是从桂香奶奶身上传来的，桂香奶奶正在廊檐下给村子里的女孩子穿耳洞。桂香奶奶的穿耳洞之法，全凭一根细细的绣花针，只见她捏着英子的耳垂，趁捏得又软又薄之际，把那根细细的绣花针飞快地扎了进去，英子杀猪似的号哭起来。

（3）桂香奶奶把一根红线拉到耳朵里，打了结，英子的耳垂上就挂上了一枚小小的红月亮。我远远地躲在苞谷地里，拼命屏住呼吸，可哪里躲得过这一劫。最后还是被桂香奶奶给揪出来了。

（4）“小橘子，不穿耳洞长大了可没人要哦。”桂香奶奶吓唬我。

（5）“没人要就没人要，反正我不穿。”我死命挣扎。

（6）“小橘子不听话，以后桂香奶奶就不喜欢小橘子了。”桂香奶奶叹了一口气。这一招果然很灵，一听到桂香奶奶的叹气声，还有英子她们那些已经穿好耳洞的女孩子，正笑嘻嘻地剥开桂香奶奶奖励的大白兔奶糖，塞到嘴巴里，我只好一步一挪地坐到椅子上。

（7）“桂香奶奶，疼不疼呀？”我深吸了一口气。

（8）“一点也不疼，就像蚊子咬一下。”桂香奶奶轻轻捏着我的耳垂，揉啊揉啊，趁着我不留神的当儿，那绣花针已经扎进了耳朵里，桂香奶奶告诉我，每天须把红绳在耳洞里轮一轮，等伤口结了痂，耳洞长成了，就可以把红绳抽掉，换成稻草芯子。

（9）这穿耳洞倒果真一点儿也不疼。英子为她杀猪似的号叫羞惭着，我也为我躲到苞谷地里，死活不肯出来的举动觉得不好意思，可是接下来受的罪可不少。没过几日，那耳朵灌脓了，肿得老大，碰一下就疼得跳起来。不过，那脓肿消掉以后，耳洞也长成了。桂香奶奶把红线抽出来，插了一根稻草芯子。

（10）那稻草芯子，由细变粗，是一个村野女孩子渐渐长大的标志，待到婚嫁之时，由男方打了一对圆滚滚的金耳环，作为聘礼，垂在披着的红盖头下，映照着一截雪白温润的脖颈。这一刻，村子里的女孩子真是感慨万千，幸亏桂香奶奶那根温柔的绣花针，不然，哪来今日金光灿灿的婚礼呀。

（11）桂香奶奶坐在喜宴上，看着这些昔日的女孩子，一个个嫁了出去。她还记得她们眉心的一颗痣，掌心里的手纹。尽管她们许诺了桂香奶奶，一定会回来再看她的。桂香奶奶却知道她们这一去，便是山长水远的一生。纵然只嫁到毗邻的一个小村子，到底嫁出去的女儿，如泼出去的水，再也不会如从前那般，整天亲亲昵昵地围绕在她的膝下了。

(12) 后来，她们渐渐地忘记了那绣花针扎在她们耳朵上的那一点疼，忘记了她这个老婆子，忘记了那廊檐下嬉笑推搡的旧时光。总之，她们是负心而绝情地把过去的一切给忘掉喽。只要想到这一点，桂香奶奶就没来由地觉得伤心。可是，她站在廊檐下，仿佛又听到她们嘻嘻哈哈在笑，凑着耳朵在窃窃私语，亲昵地喊她一声："桂香奶奶！"桂香奶奶的心又甜滋滋起来。

(13) 桂香奶奶去世以后，村子里再也没有会穿耳洞的老太太了。村子里新一茬的女孩子，不复再穿耳洞。她们把山芋藤挂在耳垂上，扮演新娘子，搭花轿，过家家，但总之有什么地方不一样了。哦，问题出在她们的耳朵上，她们的耳朵上空空的，既没有穿红线，也没有穿稻草芯，简直看起来一片荒芜。

(14) 不过那些爱美的女孩子，到镇上的店里去请人用气枪打耳洞，不晓得那挨了一枪的滋味怎样。比起绣花针，应该疼多了吧。说实在的，我极其怀念那个天上飘着"棉花糖"的午后，怀念英子的哀号，还有一望无际的苞谷地里，躲着的那一个七岁女孩的童年。

（15）在流水的时光中，一切皆是旧事，皆为记忆……

（16）然而，为何现在的我，依然能清晰地闻到那天的风，吹拂过桂香奶奶的衣裳，有一股好闻的桂花油的香味。我的桂香奶奶哟，乌黑的发髻上别了一支银簪子，笑盈盈地望着我们。她依然那么年轻，那么温柔。

阅读训练及参考答案：

1. 文章开篇，“那日天空飘着棉花糖，我一个人躲在苞谷地里，风中吹来桂花油的香气。”在行文布局上有什么作用呢？

答：设置明亮温馨的场景，引出下文关于儿时穿耳洞故事的回忆，吸引读者。

2. 为何桂香奶奶“只要想到这一点，就没来由得觉得伤心”呢？

答：姑娘们出嫁后忘记了旧时光，忘记了慈爱的她，对她们的违背诺言，负心，绝情而心伤。

3. 文章为什么要渲染英子穿耳洞是杀猪似的嚎叫和我躲进苞谷地里呢？

答：这是先抑后扬的写法，由开始的畏惧害怕，到成人后品尝爱情的幸福喜悦，表达对桂香奶奶的感激之情，让行文起伏变化。

4. 结合文章主旨，理解“在流水的时光中，一切皆是旧事，皆为记忆……”的内涵。

答：本文截取童年爱美姑娘们穿耳洞的故事，来怀念美妙的童年时光，表达对温柔慈爱的桂香奶奶的深切思念。但岁月流逝，伙伴们已各奔东西，奶奶也亡逝，一切美好只能珍藏心里。

步云桥

（1）麟溪镇北，有一株香樟，树冠朝着日光生长，亭亭如盖，把小镇轻轻揽在怀中。

（2）镇上四座桥。有一座叫“步云”。极美的名字。听起来好似有个撑了伞的女孩子，走呀走的，走在云朵里。

（3）桥下有个院子。一个姓蔡的医生住在那里。蔡医生很温和。说话像个女子，细声细气的。打针的孩子都喜欢他。他的抽屉里，藏着五颜六色的水果糖。谁打针不哭，谁就能得到奖赏。

（4）蔡医生的妻子，听说是个悍妇。一头哈巴狗似的发卷，走起路来像一只企鹅。她开了个杂货店。她有时拧着蔡医生的耳朵，骂他是个贼。因为蔡医生的糖果，都是从家里偷出来的。

（5）蔡医生只好认输。保证以后再也不敢了。可是下次我们去卫生院打预防针，他照例笑呵呵的，扔给我们一颗水果糖。

（6）女孩子们都迷恋蔡医生，有一天在一起打打闹闹，不知怎么秀芬突然脱口而出：“我长大可不想嫁人。要是非嫁人不可，那就嫁给蔡医生这样的男人吧。”大家都哄笑起来。笑完了眼睛都亮闪闪的，都盼着快点长大。

（7）那一年，我念五年级。走过步云桥，就是我们的小学校。每天清早，我背着书包从蔡医生家院门前经过。看见蔡医生拎着一把铝制洒水壶。海棠花开了，扑鼻的香气，怎么挡也挡不住。于是我知道小镇的春天就要来了。我看见蔡医生抬眼，立刻飞快地逃掉了。

（8）下一次感冒发烧时，再触到蔡医生的目光时，症状似乎愈加严重了。蔡医生摸摸我的额头：“嗳，怎么这样烫，要用冰袋敷一敷呢。”说话间他拿起桌上的一只冰袋，贴在我的额头上。我心里暗暗祈祷，这病可要慢点好才好。

（9）蔡医生的白大褂，看得见崭新的折痕。是他自己折的么？还是他的悍妻帮他折的。就是这样想想也令人妒忌。他的办公桌上，堆着一叠病例。我闻到一股好闻的来苏水。很多年以后，我一生病，这股味道就又回来了。

（10）我后来知道蔡医生是一个书生。后来不知怎么研习医术。他在萝卜和自己的胳膊上扎针。成了卫生院的头牌医生。

（11）他的名声很好。病人们爱找他看病，并不都是因为他艺术高明。只是他的人这样温和，从不会对你凶一下。他就是对待脾气最暴躁的病人，也是笑嘻嘻的。

（12）他这样好脾气的人，在小镇上是找不出第二个来的。他似乎对每个人都怀着歉意。别人朝他发火，他不恼，别人也就没法子对他发火了。

（13）有一次蔡医生来学校给孩子们体检、孩子们个个兴高采烈的，只有我晕针，躲在桌子底下。他等到我最后一个从桌底下钻出来。他轻柔地说："孩子，你转过头。就不会晕了。"我果然就没有晕。

（14）他合上药箱，塞给我一颗水果糖，我推辞不要，他硬塞，我只好接过来。我想跟他道谢可他已经走出教室了。操场上空荡荡的，只剩下我一个人，可我好似比从前增添了勇气。我再也不是那个既胆怯又哀愁的小女孩了。

（15）有一天我回到小镇，经过步云桥。看见蔡医生家的院子，院子里草木扶疏，不见人影。枇杷树结了果子，引来一群白头翁。要是蔡医生还在院子里浇花，我定是要走过去跟他打个招呼的。不管他记不记得，昔日里那些走在云朵里的女孩子。

阅读训练及参考答案：

1. 下列对文章有关内容的理解和赏析，不正确的两项是。

A. 文章从一棵香樟树写起，由树到桥，由桥到院，由院到人，这样安排行文思路，使文章衔接紧密，过渡自然。

B. “他轻柔地说：‘孩子，你转过头，就不会晕了。’我果然就没有晕。”此处描写生动形象地表现了蔡医生医术的高明。

C. “蔡医生的白大褂，看得见崭新的折痕”这样细致入微的观察，表现了“我”对蔡医生的在意与迷恋。

D. 文章通过描绘几件与“蔡医生”有关的往事，表现了对天真浪漫，纯真无邪的少女时光的怀念。

文章语言繁华富丽，景物描写细腻生动，人物形象鲜明突出，字里行间流露出淡淡的哀愁。

答：B E。

2. 文中的“蔡医生”是一个怎样的人？请结合文章内容简要分析。

答：①蔡医生是一位态度温和的人。“说话像个女子，细声细气的”、“他就是对待脾气最暴躁的病人，也是笑嘻嘻的”等说明蔡医生是一个态度温和的人。

②蔡医生是一位刻苦钻研、医术高明的乡村医生。“他在萝卜和自己的胳膊上扎针，成了卫生院的头牌医生”说明蔡医生是一个刻苦钻研、医术高明的医生。

③蔡医生是一位富有生活情趣和魅力的人，曾被我们迷恋，带给我很多美好回忆。无论是“秀芬”的“脱口而出”，还是我的“立刻飞快地逃掉了”，都带给我们许多美好的回忆。

3. 文章第四段对蔡医生妻子的细节描写，在文中有何作用？

答：内容上：①用妻子的“凶悍”来反衬蔡医生的温和，使人物形象更加鲜明生动。

结构上：②为下文写女孩子们迷恋蔡医生作铺垫。